Série

L'Œil du Diamant

Lios-Art ©

Romans Fantasy

©

Édition ScriptoSceptique ©

Série : L'Oeil du Diamant

Saga

La première Dragonnière

-

L'Horizon

Écrit par :

Lios-Art

(Aka : L. Bourgeois)

Illustration de la couverture par l'Auteur

Série : L'Oeil du Diamant
Saga : La première Dragonnière :

Vision du Passé — Tome 1
3e édition Février 2021
L'Horizon — Tome 2
1re édition Avril 2021
Le Déploiement — Tome 3
1re édition Avril 2022
Écho de la Nuit — Tome 4
1re édition Janvier 2023.

Saga : La Saga Des Jumeaux :

La Prophétie — Tome 5
1re édition Août 2023

La Rencontre du Destin — Tome 6
1re édition   2025

www.Lios-art.com

Admin@lios-art.com

Nouvelle couverture Édition : 2025

9 781777 062477

❧ *Dédicace* ☙

Je dédicace ce roman à mes quatre enfants. Que la vie vous apporte la sagesse, la joie et la santé.

Je vous souhaite que ce livre vous inspire dans vos vies, de chercher à créer chaque jour une part de bonheur.

Remerciement spécial à

Ma mère Mme H.Laflamme
&
Ma femme Mme J. Carbonneau

Pour avoir aidé à la correction de ce tome 2.

www.Lios-art.com
Admin@lios-art.com

Index

Attention au Feu

Tamira, assise sur une pierre près du bûcher, une tasse fumante à la main, admirait le splendide lever de soleil. Entre deux montagnes, l'astre de feu avec ses anneaux flamboyants éclairait déjà la vallée. La deuxième lune n'était toujours pas couchée, paradant encore légèrement du côté sud juste au-dessus d'une chute d'eau, de là où une volée d'oiseaux rouges étincelants prit son envol dans un fracas de croassements musicaux. Une légère brume flottait encore aux abords de la forêt.

Perdue dans ses pensées, elle ne prêtait pas attention aux croassements, ni au bruit et encore moins aux conversations dans le campement. Elle était tellement absorbée par le paysage qu'elle ne remarqua pas que soudainement l'agitation augmentait sur la colline. On entendit le vacarme des armures faisant de plus en plus de tumulte au fur et à mesure que le monde les enfilait.

La corne de guerre résonna.

"Ils s'en viennent!" s'écria Noxys.

Un autre dragon non loin de là répliqua : "C'est Black Rock!"

Dans tous les coins, on entendait des cris retentir en gueulant : "Aux Armes! Aux Armes!"

Noxys reprit à s'en époumoner de plus belle : "Tamira, que fais-tu? Secoue-toi un peu, il est temps!"

Tamira releva la tête et lança le reste de sa tasse dans les flammes avant de bondir sur ses pieds. Une femme était en train de brasser une grande marmite placée au-dessus du feu lorsque la corne retentit. Elle s'arrêta d'un coup, lâchant la cuillère, puis fit signe à Tamira avec ses deux mains de façon à attraper la tasse qu'elle avait toujours dans sa main.

Tamira regarda le gobelet, visiblement déçue. Elle devait partir et lui balança délicatement la tasse en même temps qu'elle dit : "Merci. Dommage de ne pas avoir eu le temps de finir, c'était un vrai régal." Elle humait encore l'odeur de cannelle, de pomme fermentée et cuite avec un soupçon de piment fort.

La dame âgée lui fit un petit sourire en attrapant la tasse et répliqua : "L'avenir n'est pas encore écrit. Peut-être que tu vas boire la tasse plus tard," avec un modeste ricanement.

Surprise par la réponse, Tamira inclina la tête légèrement pour acquiescer tout en gardant une expression d'interrogation.

Elle agrippa son bouclier qui était accoté au poteau de la tente à ses côtés, puis le harnacha à son bras tout en courant en direction de Noxys.

Noxys s'étira de tout son long, facilitant ainsi à sa cavalière de se hisser jusqu'à son cou. Tamira embarqua sur le bout de la queue de Noxys et continua à longer son dos avant de sauter en position à la base du cou de la dragonne. Dans une manœuvre synchronisée, Tamira sortit son épée de son fourreau et Noxys ouvrit ses ailes.

Derrière elle, une voix s'écria : "Tamira, prends ceci avec toi."

Elle se retourna afin d'apercevoir Aile-d'or lui envoyer une lance qui faisait deux fois sa grandeur, dont la lame d'une couleur rouge sang et le manche opaque comme le charbon. De sa main libre avec le bouclier harnaché à son bras, elle attrapa la lance en criant : "Fais attention à toi."

Aile-D'or s'immobilisa net, puis lui fit une révérence avant de repartir et de disparaître dans la mêlée.

Tamira regarda la lance noire. Elle lui parut drôlement familière.

Plus d'un millier de dragonniers faisaient maintenant face à la vallée sur le dos de leurs montures, entourés de plusieurs autres Drumains et de leurs compagnons de différentes provenances.

Noxys tourna la tête vers Tamira. Une vaporeuse fumée s'échappait de sa cavité nasale, montrant qu'elle était chauffée à bloc. D'un ton caverneux, elle lui dit : "C'est à toi d'engager le cri de guerre avec la lance de Black Rock en main." Puis elle continua par la pensée : "Es-tu prête à reprendre le flambeau, ma fille?"

Tamira fit un sourire. On pouvait palper la tension dans l'air. Les cornes s'étaient arrêtées et les tambours se mirent à retentir en cadence. On pouvait désormais entendre les chants de guerre de l'adversaire au loin qui se rapprochaient. L'adrénaline du combat pouvait se sentir des deux côtés.

Tamira répondit avec une tonalité qui vibra dans toute la vallée : "Que notre histoire sauve des vies. Pour les futures générations!"

Noxys retourna la tête vers l'avant en secouant ses écailles, laissant sortir un rugissement jusqu'ici jamais entendu par Tamira, d'une force et d'une férocité à dresser les poils du corps.

Tamira regarda sur sa droite puis sur sa gauche afin de scruter les horizons. On entendait les mugissements des autres dragons, dont certains projetaient des boules de feu et d'autres de glace. Une émanation de soufre commençait déjà à envahir l'air environnant et bientôt elle laisserait place à une odeur de chair brûlée et de cris de douleur, avec un arrière-goût légèrement salé et amer de sang dans la bouche. Tous les dragons avaient désormais rempli leurs poumons de gaz inflammable et de salive givrée, prêts à cracher leurs fureurs et leurs terreurs. Bon nombre d'entre eux, cependant, ne reviendraient pas indemnes de cet affrontement. Le sort en était jeté.

Noxys se mit à battre des ailes. Après deux sauts sur les pattes avant, elle sentit que sa cavalière était prête et se souleva du sol dans un dernier bond. Tamira pouvait enfin distinguer la grosse masse noire qui battait des ailes dans leur direction. "Devra-t-elle l'affronter? Ne pourrait-elle pas simplement faire la paix?" Se demanda-t-elle dans une ultime hésitation.

Black Rock… Un dragon légendaire des anciennes guerres. Donc, nul autre n'avait réussi à le terrasser, si ce n'est le Dragonnier de renom Ducan, dont peu de monde sait qu'en réalité, c'était une histoire de famille. Oui, les épopées avaient retenu les exploits de ses parents dans le passé. Malgré tout, aucun récit n'avait mentionné le nom de Shina. Sa mère était une légende pour avoir vaincu et combattu aux côtés de Ducan, une icône dans l'ombre dont personne n'était au fait qu'elle était la première Dragonnière. Tout semblait confus dans l'esprit de Tamira… Aujourd'hui, sur ce champ de bataille, Tamira s'apprêtait à répéter l'histoire. Mais cette fois, le récit se souviendrait que c'est une femme qui était à la tête…

Tamira sentait l'adrénaline monter au cœur de Noxys, ce qui l'entraînait également dans l'agitation du moment… Le combat faisait rage et semblait durer une éternité. En même temps, tout se précipitait à une vitesse folle, à un point tel que Tamira ne pouvait pas dire qui prenait le dessus sur l'issue de l'affrontement. Une suite sans fin d'esquives, de coups, d'explosions, parfois de la droite puis de la gauche. À l'occasion, une masse tombait à vive allure, si près qu'il fallut manœuvrer de justesse pour ne pas se faire heurter en plein vol.

Jetant un coup d'œil en arrière, elle n'arrivait plus à repérer le campement au sol. Le combat, s'était-il déplacé si loin de la crête? Ils rebroussèrent chemin afin de s'extirper de toute cette épaisse couche de fumée qui les englobait.

Dans le chaos, ne sachant pas de qui venait le cri, Tamira entendit hurler : "Tamira, attention!"

Tamira, tout en se retournant, sentit Noxys plonger vers l'avant et faire un tour sur elle-même, évitant une boule de feu de justesse. Elle s'agrippait au cou de Noxys avec ses deux bras, serrant les cuisses, avec les pieds bien ancrés dans le fond des étriers afin de ne pas être désarçonnée et poussée dans le vide pendant la manœuvre.

Tamira se sentit perdue tout à coup. Elle regardait partout, les yeux écarquillés... Elle ne comprenait pas comment elle faisait pour être déjà à nouveau dans le feu de l'action... On entendait des cris de douleur, des explosions de boules de feu qui se fracassaient sur les écailles des dragons encore plus intensément qu'avant...

La vision était encore plus difficile, tellement il y avait subitement de la fumée dans l'air. Une fumée noire et épaisse dans laquelle on ne pouvait distinguer ni ciel ni terre... À l'occasion, on voyait des flashes de déflagration sans visualiser qui cela frappait et qui tombait.

Noxys cria à bout de souffle. "Tamira, es-tu avec mois Tamira, réponds-moi…"

Tamira secoua la tête puis elle rétorqua. "Oui, je suis là… Je suis là…"

Noxys opéra un demi-tour pour s'enligner vers une grosse masse ténébreuse qui les poursuivait.

Tamira remarqua que l'une des ailes de Noxys avait été noircie par une boule de feu qui devait l'avoir frappée de plein fouet… "Comment n'avait-elle pas ressenti cela?" s'interrogea-t-elle.

"Tamira, tiens-toi prête…" Pensa, Noxys…

Tamira regarda ses deux mains vides… Se demandant, où avait bien pu passer la lance qu'Aile-d'or lui avait donnée, tout comme l'épée de sa mère? Elle étira le bras afin de voir si elle ne les avait pas remises dans leurs fourreaux dans son dos. Peut-être les avait-elle fait tomber durant la période où elle avait rêvassé et perdu le fil du temps, soit entre son dernier contact visuel avec le campement et le début des hostilités.

Elle sentit un manche, mais ce n'était pas celui d'une lame... Lorsqu'elle le sortit de son étui, elle remarqua que ce n'était pas du tout une épée, encore moins une dague... Elle tenait le manche de son marteau de forge...

Que faisait-elle avec le marteau de forge dans ces circonstances? Désemparée, elle n'en fit pas plus de cas, l'empoigna de toutes ses forces afin de faire face à l'adversaire.

Elle entendit dans sa tête Noxys lui dire. "On n'a qu'une chance de faire ça avant de partir... C'est l'occasion, ou jamais!"

Elle éprouvait l'adrénaline et la nervosité de Noxys monter, elle aurait pratiquement pu sentir les poils sur ses bras se dresser si une dragonne en avait eu.

On distinguait à présent Black Rock clairement qui sortait du nuage, les poumons gonflés à bloc, le torse bombé... Ils s'apprêtaient à cracher un coup fatal. Noxys et Tamira n'étaient pas en position pour parer l'impact...

Le cavalier de Black Rock cria dans une langue morte. "Feu." Et le dragon s'exécuta en projetant tout son combustible en une énorme flèche de lave.

Tamira ouvrit la bouche, mais rien n'en sortit. Le temps avait l'air de s'être ralenti à la seconde près. Elle voyait le jet de flamme arriver sur eux à vive allure, un roulement de petites boules de feu semblait gonfler à chaque seconde de plus en plus gros... "Allaient-ils y survivre?" se demanda-t-elle avant de finir sur une dernière réflexion. "Avant de partir où?" La dernière pensée de Noxys lui revint en tête. Elle résonna plusieurs fois dans sa tête juste avant l'impact. Tamira s'attendait à être brûlée vive, à ressentir une douleur insupportable, à sentir durant une fraction de seconde sa chair crépiter suivie d'une courte seconde d'odeur nauséabonde de peau calcinée... Elle ferma les yeux le plus fort possible, appréhendant la souffrance qui allait la terrasser d'un instant à l'autre. Dans un ultime effort, elle lâcha un cri effroyable tout en lançant le marteau de forge de toutes ses forces, espérant parvenir à infliger le moindre dégât à son assaillant. Advenant qu'elle ne parvienne pas à le pourfendre, peut-être pourrait-elle l'endommager assez pour son prochain adversaire.

Un Réveil Brutal

"Manqué."

Tamira n'éprouvait ni chaleur ni douleur au contact, aucune odeur de chair brûlée n'envahit ses narines. Au contraire, le choc fut brutal, la saisie, mais elle se sentait plutôt frigorifiée…

Elle ouvrit les yeux, à moitié perdue, la bouche grande ouverte suite à l'impact. Où était-elle?... Encore absorbée par l'action et désorientée, elle fit un tour d'horizon rapide du regard.

Tamira était assise dans sa couchette détrempée de la tête au pied. Noxys la contemplait avec un gros sourire qui semblait clairement dire : "Je t'ai bien eu." La dragonne se tenait debout au bout du lit, un seau vide entre les pattes.

Tamira vit son arme au loin, elle avait lancé son oreiller à Noxys… Elle commençait à réaliser qu'elle était demeurée dans sa chambre et que Noxys venait de la tirer de ce rêve en l'aspergeant de tout son long avec une chaudière d'eau froide… Au même moment où la boule de feu aurait dû faire son impact, le flot glacé lui avait copieusement été balancé sur tout son corps.

"Tout cela n'était qu'un rêve! ..." pensa-t-elle, soulagée.

Rassurée d'être encore de ce monde, elle poussa un immense soupir de soulagement en tentant de sécher l'eau de son visage. C'était peine perdue avec son revers de manche dégoulinant et trempé.

Noxys s'efforçait de garder son sérieux, mais elle aussi, c'était peine perdue et elle se mit à ricaner si fort qu'elle eut de la difficulté à dire : "Ce n'est pas tout, mais on nous attend. Donc lorsque tu auras fini de patauger dans ton lit, on doit se rendre dans la grande bibliothèque."

Tamira se regarda et vit l'état de son matelas, puis répliqua : "J'ose espérer que tu vas t'occuper du dégât que tu as fait, le temps que je me change?"

"Bien sûr, ma grande! Entre-temps, dis-moi donc à quoi tu rêvais pour être aussi perturbée ?" s'interrogea Noxys.

Tamira, désormais debout, ne répondit pas à la question de Noxys, elle se contenta de la regarder d'un air maladroitement autoritaire et pensa : "Tu pourrais me sécher."

"J'hésite," lui renvoya-t-elle avec un ton moqueur.

"Ce n'est pas toi qui disais qu'on nous attendait?" argumenta Tamira à haute voix.

Ne sachant pas quoi rajouter, Noxys prit une profonde inspiration et se mit à souffler sur Tamira tel un séchoir géant. En deux coups, trois mouvements, Tamira se retrouva à nouveau sèche de la tête au pied.

"Vas-tu enfin me raconter ton rêve, Tamira?" revint à la charge Noxys.

Tout en se changeant, Tamira décida de tirer l'ironie plus loin sans lui répondre et demanda : "Crois-tu, Noxys, que je ferais mieux de remettre le bustier déchiré qu'Aile-d'or semble tant aimer?"

Noxys haussa un sourcil tout en soufflant sur le lit pour assécher les couvertures et lui lança la réflexion : "Es-tu sérieuse? Aurais-tu le béguin?"

Tamira sortit de derrière le paravent à moitié dénudée, l'air offusqué, et répliqua à voix haute : "Non! Mais pas du tout! Non, mais ça ne va pas, Noxys, ce gars arrogant?" Tamira revoyait dans sa tête le visage d'Aile-d'or, elle eut l'instant d'une seconde un petit sourire en coin puis elle disparut pour réapparaître aussitôt et répondre : "Non, vraiment pas! Comment peux-tu me poser cette question? Ça ne va pas?" Puis, voyant que Noxys ne répondait pas, elle secoua la tête et retourna derrière le paravent afin de finir de s'habiller.

Noxys, quant à elle, se contenta de revêtir un léger sourire.

Après quelques instants, Tamira réapparut vêtue d'un bustier de cuir rouge embossé et d'une robe allongée de la même couleur semi-transparente. Elle s'était façonné deux longues tresses de chaque côté de la tête. L'épée de sa mère ainsi que la dague étaient à sa hanche.

Noxys, qui était assise au bout du lit, tourna la tête en angle vers Tamira, leva un sourcil avec un sourire très marqué et dit : "Ouin… On se fait élégante."

Tamira répondit : "De quoi…? Ce vieux bustier?" Tout en le pointant en partant des épaules jusqu'à la hanche. En faisant une grimace, elle reprit avec un bruit de négation : "Nannn. Il n'est juste pas brisé comme l'autre, c'est tout."

Noxys se releva et envoya à Tamira en pensée : "Bon, moi j'y vais, on s'est assez amusées pour ce matin et je crois que tu es suffisamment coquine comme ça. Heureusement qu'il n'est pas déchiré comme l'autre, car avec celui-là, il aurait tôt fait de voir tous tes atouts." Sans plus de mots ni de pensée, elle prit la direction du couloir.

Tamira reprit : "Comment ça? Assez coquine?"

Noxys sourit et lui lança mentalement : "En passant, tu as une tache sur ton bustier."

Tamira s'arrêta de marcher, pencha la tête et se mit à scruter ses vêtements à la recherche de la moindre souillure et réagit : "Une tache? Mais, où ça? Je ne vois pas de taches…"

Noxys éclata de rire.

"Tu te moques de moi là… Hein… Noxys?"

Noxys, qui venait d'emprunter le corridor, lui répondit : "Nahhh... Peut-être juste un peu finalement. Laisse tomber, tu es splendide. La tache se voit à peine." Avec un petit ricanement. "Tu viens, on nous attend?"

Tamira grogna tout en relevant la tête crânement et emboîta le pas à sa poursuite et dit : "En passant ma grande, je t'en dois une pour la chaudière d'eau frigorifique de ce matin."

Noxys se mit à rire de plus belle et lui répondit : "Entre-temps, si tu me contais ce à quoi tu rêvais."

Tamira disparut à son tour dans le corridor, suivant Noxys, et commença à lui raconter son rêve trépidant.

Chapitre 1

Le Mystère Résolu

Séréna se tenait au cœur de la grande Bibliothèque.

Une vaste salle en forme d'hexagone sur trois étages, dont le centre était en aire ouverte. Dès l'entrée, des escaliers simples en bois menaient de chaque côté aux deuxième étages. Pour accéder au troisième niveau, un unique escalier en fer forgé se trouvait à l'extrémité du deuxième palier. Les boiseries et les meubles étaient en bois vieilli de teinte grise. La pièce n'était clairement pas conçue pour l'admiration de l'architecture, mais pour le contenu de ses étagères…

Quelques petits canapés pour les Drumains et des coussins pour les compagnons étaient disposés ici et là, offrant un espace confortable pour se plonger dans les livres de recherche ou d'histoire qui suscitaient l'intérêt. À chaque étage, quatre longues tables ovales entourées de chaises en bois étaient disposées à intervalles réguliers. Malgré leur apparence simple, leur confort ne laissait aucun doute.

Séréna referma le tiroir du secrétaire qui contenait les fiches répertoire de tous les livres, manuscrits et parchemins de toutes sortes dans la bibliothèque. Aujourd'hui, une nouvelle page d'histoire commençait entre ces murs. Elle observa le meuble central du premier étage, d'apparence sobre et ordinaire, en harmonie avec le reste de la décoration, à l'exception d'un détail. Une gravure en forme de liane parcourait la devanture en bois, à peine visible en raison de sa teinte, courant tout autour des tiroirs. Cette liane formait des lettres qui, à leur tour, créaient des phrases. On pouvait y lire : "La connaissance des livres ouvre les portes du savoir et la connaissance de soi est la clef qui ouvre toutes les portes, dont la plus importante : la sagesse du cœur. Le vrai pouvoir ne réside pas dans le savoir, mais vit au cœur de l'amour et l'amour se partage comme le savoir doit l'être." Séréna passa sa patte sur la gravure tout en relisant les mots. Bien qu'elle soit présente depuis toujours, elle ne l'avait pas remarquée depuis longtemps, trop longtemps même. Les paroles de la mère de Shina lui revinrent en mémoire, quand elle les avait lues ici-même il y a de nombreuses années. En ce jour, elle comprenait pleinement la portée de ces mots, comme si elle les lisait pour la première fois. Shina avait repris à l'époque en ajoutant : "Autrement dit, si tu connais le nombre exact d'écailles sur ton corps, le monde t'appartiendra." Shina avait bien sûr compris qu'il était impossible de compter chaque écaille sur le corps d'une dragonne, car elles étaient trop nombreuses et bien cachées. Néanmoins, elle avait saisi l'essence de l'enseignement : on ne pourrait jamais tout savoir sur le monde, mais il était plus simple de chercher à se connaître soi-même. Séréna fut ramenée brusquement à la réalité quand elle entendit un bruit provenant du couloir, quelqu'un s'approchait.

Ça faisait déjà une heure qu'elle avait envoyé un serviteur chercher Tamira et Noxys. Séréna s'approcha de la table centrale pour accueillir les deux enfants. À sa grande surprise et déception, les bruits de pas ne s'arrêtèrent pas, ils continuèrent et semblaient même s'éloigner dans la direction opposée à celle d'où ils étaient venus.

Séréna se retrouva une fois de plus en latence. Qu'est-ce qui pouvait bien leur prendre autant de temps? se demanda-t-elle.

La vie semblait prendre un nouveau tournant, un tournant que Séréna connaissait déjà très bien. En observant sa patte, elle vit ses écailles changer de couleur pour devenir d'un noir charbon. Cela faisait des années qu'elle n'avait pas réalisé cette transformation. Elle fit bouger son poignet de gauche à droite, émerveillée par ce phénomène unique en son genre.

"Séréna… C'est toi?... C'est toi qui fais ça?" demanda Tamira.

Absorbée dans ses pensées, elle n'avait pas remarqué que Tamira et Noxys étaient arrivées dans la bibliothèque.

Noxys s'était figée, la bouche grande ouverte. Séréna releva la tête tout en reprenant sa couleur d'origine. Elle fut surprise de ne pas les avoir vues entrer dans la pièce et encore plus étonnée de ne pas avoir entendu leurs pas se rapprocher.

"Évidemment, c'est moi… Qui veux-tu que ce soit?" répondit Séréna, sans faire immédiatement le lien entre la question et sa propre transformation de couleur.

"Mais… Mais… Comment fais-tu ça?" demanda Noxys.

"Qu'est-ce que tu veux dire, Noxys?" réagit Séréna.

"Eh bien, le changement de couleur… Ta pigmentation qui change," répondit Tamira.

Séréna regarda sa patte à nouveau et réalisa que Noxys et Tamira l'avaient surprise en pleine métamorphose de couleur. La dernière fois que quiconque l'avait vue de cette teinte, c'était Avalon, quelque temps avant la naissance de Tamira. À l'époque, elle avait appris qu'elle allait avoir deux petits œufs de dragon, annonçant ainsi l'arrivée des jumeaux pour la mère de Tamira. Les naissances de jumeaux étaient rares, et il était encore plus rare que les deux survivent.

Surprise à son tour, Tamira demanda par la pensée à sa dragonne : "Savais-tu qu'elle pouvait changer de couleur comme ça?"

Noxys répondit : "Non. Je ne savais même pas que c'était possible."

Toujours sous le choc, Tamira posa involontairement la question à voix haute : "Mais comment?"

Séréna regarda le brassard à son poignet, puis l'adossa à l'une des colonnes à proximité pour maintenir son bras en place pendant qu'elle détachait les sangles qui le retenaient. Pour autant que Tamira et Noxys puissent se souvenir, elle avait toujours porté cet ornement, tout comme la mère de Tamira. On leur avait simplement dit que c'était un symbole d'amitié entre une femme et sa dragonne.

Séréna s'adressa à Tamira tout en manipulant les attaches : "Tu vois, Tamira, c'est une longue histoire! La première chose que je dois te dire, c'est que les femmes de notre famille possèdent un don mystérieux, depuis aussi loin que nous pouvons remonter dans le temps."

Noxys s'empressa de demander avec enthousiasme : "Cela signifie-t-il que moi aussi je pourrais changer de couleur?" Sans attendre la réponse, elle se mit à énumérer presque toutes les couleurs de l'arc-en-ciel... "J'aimerais bien être bleue comme le ciel, ou rouge comme le feu. Oh, et peut-être blanche comme une perle. J'ai toujours trouvé les dragonnes de perle tellement sublimes." Soudain, Noxys s'arrêta, concentrée, fixant sa main et cherchant le moindre changement.

Tamira ne put s'empêcher d'éclater de rire en voyant Noxys pousser un soupir et faire une moue. Tout à coup, la dragonne semit à forcer de toutes ses forces comme si elle était après chiée. Cependant rien à faire! Forcée de constater qu'elle ne changeait pas de couleur, dans une expression de frustration, Noxys demanda : "Mais comment tu fais?" Et elle recommença à forcer de toutes ses forces.

Séréna se tourna pour regarder Tamira, puis Noxys. Un large sourire aux lèvres, elle répondit : "Non, je ne crois pas que tu y parviendras, sinon tu serais probablement déjà rouge comme une tomate à force de forcer. Ou peut-être même écarlate. Ha ha ha…"

Noxys se détendit et répliqua, visiblement déçue : "Pourtant, tu as dit que toutes les femmes de notre famille avaient ce don."

Séréna retira finalement son brassard en cuir finement décoré, orné d'une plaque de métal. Elle répondit : "Oui, j'ai bien dit cela, et j'ai également remarqué que toi et Tamira avez enfin reçu votre marque à la main."

Noxys, instinctivement, se mit à gratter sa patte avec la même frénésie qu'elle l'avait fait deux jours auparavant lorsque la marque était apparue subitement pendant son envol près de la muraille. Elle avait l'impression de ressentir à nouveau la démangeaison.

Tamira contempla la marque qu'elle avait aussi vue apparaître mystérieusement sur sa main au même moment que Noxys. Le mystère semblait enfin commencer à se dévoiler. Elle observa Séréna en train de frotter son poignet comme si une douleur persistait. Mais en réalité, la seule douleur qui perdurait était le lien longtemps perdu avec sa cavalière, son acolyte, sa sœur d'arme, sa meilleure amie. Elles avaient vécu tant d'aventures ensemble.

Tamira et Shina avaient grandi côte à côte, partageant tout, et seule la mort aurait pu les séparer à l'époque.

Séréna tourna son avant-bras, révélant ainsi une marque sous forme de tatouage tribal de couleur noire. Au même instant, ses écailles changèrent de couleur pour virer au noir, et la marque pivota pour devenir verte, de la même couleur que les écailles d'origine de Séréna.

Les yeux de Tamira s'écarquillèrent de stupéfaction. Sans qu'elle s'en rende compte, elle laissa échapper une pensée à voix haute et dit : "C'est donc bien écœurant!"

Séréna comprit immédiatement, grâce à l'expression de Tamira, que ces mots signifiaient qu'elle était en totale admiration devant cette prouesse.

Sans détourner les yeux du tatouage, Tamira posa une question : "Cela signifie donc que ma mère pouvait aussi changer de couleur? C'est bien ça?"

"Oui, c'est bien ça", répondit Séréna.

Noxys, après avoir relâché sa marque, reprit la parole : "C'est donc comme ça que vous avez réussi à cacher votre identité dans le passé et à accompagner Ducan dans ses aventures. Alors tout s'explique! Elle n'était pas passée inaperçue, mais cela veut dire au contraire que la mère de Tamira et ma mère s'appelaient également…"

Séréna l'interrompit pour terminer la phrase de Noxys : "Oui, c'était bien nous qui nous faisions appeler Black Rock dans les histoires."

Tamira se revoyait dans son rêve où elle se retrouvait à affronter justement Black Rock. Mais que pouvait signifier cela? Le savait-elle par instinct? Ou était-ce une simple coïncidence qu'elle se retrouve dans ce rêve à devoir confronter sa propre mère? On venait de lui apprendre que sa mère avait été l'acolyte de son père la veille, lorsque l'épée et la dague de sa mère lui avaient été remises. Il était évident que l'acolyte était Black Rock, cependant ni elle ni Noxys n'avaient fait le rapprochement. Ils étaient restés accrochés au nom de l'épée, l'Œil du Dragon, et au surnom du dragonnier qui la maniait, le Grand Dragonnier de l'Œil. Cependant, Black Rock avait été le nom donné au couple formé par le dragon et son cavalier. Inséparables par nature, ils avaient obtenu ce nom en raison de leurs couleurs décrites comme noires comme le charbon, et ils avaient également été qualifiés de plus solides au combat que le roc…

Alors que Tamira se remémorait ces détails, elle se souvint d'avoir eu une réflexion sur le balcon, près de la statue représentant sa mère. Elle ne reconnaissait pas la figure en armure, et il n'y avait pas de nom inscrit sous elle, comme c'était la coutume. Elle s'était même dit que cela ne pouvait pas être elle. Les femmes ne partaient pas au combat, et l'acolyte était réputé être de couleur noire, alors que sa mère était verte. Mais elle ne pouvait plus le nier : sa mère et sa monture étaient bien Black Rock. Mais pourquoi? Devait-elle se battre contre elle, même si c'était dans un rêve? Luttait-elle contre l'évidence? Ou était-ce une compétition pour savoir qui serait la première dragonnière? Un rêve qu'elle chérissait depuis son enfance.

Un combat intérieur s'installa dans l'esprit de Tamira.

Que signifiait ce rêve? Devait-elle l'ignorer ou non? Pouvait-elle l'ignorer?

Chapitre 2

La Voûte

Clic! Clic! Clic!...

Un silence, puis les sons reprirent.

Clic! Clic! Clic!...

Puis on entendit un gros Toc! Suivi d'un léger grincement.

Tamira n'écoutait plus la conversation, elle ne prit pas connaissance des bruits qui l'entouraient, elle avait été complètement absorbée par ses pensées qui l'avaient submergée soudainement.

Séréna posa sa patte sur l'épaule de Tamira, remarquant qu'elle était perdue dans ses pensées depuis quelques minutes, et lui dit : "Viens, mon enfant. J'ai quelque chose à vous révéler et à vous donner. Il est temps que je vous montre l'un de nos secrets de famille les mieux gardés et que je vous transmette le flambeau."

Tamira revint à elle juste à temps pour voir Noxys entrer dans un couloir sombre, une torche à la main. Elle ne fit qu'un hochement de la tête en guise de réponse. Une partie du mur avec les étagères de la bibliothèque s'était ouverte pour révéler une ouverture jusque-là invisible. Le bruit devait provenir du mécanisme d'ouverture. Séréna s'arrêta près de l'entrée nouvellement apparue et dit : "Je devrais remédier à ce grincement des poulies, il pourrait compromettre ce secret en faisant autant de raffut. Mais pour ce soir, cela devra attendre."

Tamira, voyant Séréna et Noxys disparaître par l'ouverture, inclina la tête et pensa : "Décidément, il y a vraiment beaucoup de mystères et de cachettes dans ce domaine que nous ne connaissions pas, et auxquels nous ne pouvions même pas soupçonner."

Noxys renvoya ses pensées à Tamira : "J'ai comme l'impression que nous ne faisons que commencer à voir la pointe de la licorne. Il nous reste probablement encore tout le cheval à voir."

Voyant l'ouverture se refermer progressivement, Tamira se redressa en soupirant. "Bon, allons explorer ce nouveau mystère."

Séréna, pénétrant par l'ouverture, adressa la parole à Noxys : "Allume les torches accrochées au mur, mon enfant."

Noxys alluma la première torche qu'elle croisa, suivie des autres. Au bout du couloir, elles arrivèrent à un escalier qui descendait sous la bibliothèque. Cependant, lorsque l'on montait les escaliers habituels pour accéder à la bibliothèque, qui se trouvait être la pièce la plus élevée dans la tour centrale, personne n'aurait pu imaginer qu'il y avait un étage caché en-dessous.

Noxys entra la première dans la salle, mais elle entendit Séréna lui parler depuis les marches. "Noxys, tu devrais également allumer la flûte de feu en entrant."

"La quoi?" répondit Noxys, se retournant en direction des marches.

"Tu vois le bol au bout d'une tige en fer forgé devant toi?" expliqua Séréna.

"Oui!?" répondit Noxys, encore incertaine.

"C'est ce qu'on appelle la flûte. Allume-la." Séréna précisa cela avec un sourire doux que Noxys ne pouvait pas voir.

Noxys approcha la torche qu'elle avait avec elle, et presque au même moment où elle l'enflamma, toutes les torches dans la pièce s'allumèrent les unes après les autres, formant un cercle équidistant autour de la salle. Un léger sifflement se fit entendre, et en même temps, les torches émirent une sorte de mélodie produite par l'huile qui coulait dans le système de combustion.

L'espace était magnifique et bien différent de l'aspect traditionnel de la bibliothèque. Noxys pensa : "C'est vraiment magistrale. C'est tout à fait différent de ce à quoi ressemble la bibliothèque. Qui aurait pensé trouver ceci ici."

Les murs en pierre étaient invisibles, car toute la circonférence de la pièce était revêtue de bois massif, séparé par des sections de piliers à intervalles réguliers à toutes les cinq coudées. Chaque pilier donnait l'impression d'avoir utilisé une pitoune entière coupée légèrement en carré. La moitié de ces unités étaient ornées de cadres représentant chaque génération de femmes de la famille, avec des plaques de cuivre portant tous les détails des femmes et de leurs montures. Cela incluait leurs dates de naissance et de décès, l'apparition de leurs marques, accompagnées de gravures de l'apparence de ces marques. La dernière information indiquait le don qu'elles avaient reçu et la date à laquelle il s'était manifesté.

Alors que Tamira descendait encore les marches et n'avait toujours pas vu la pièce, elle commença à ressentir l'excitation à travers les pensées de Noxys. "Tamira, c'est incroyable! Nos grands-mères avaient la capacité de cracher du feu et de la glace, et pas seulement les dragonnes, mais aussi les Drumainnes... Et, et... attends, notre arrière-grand-mère pouvait se fondre dans le décor comme un caméléon en adoptant les motifs environnants... Et le plus drôle, c'est que leurs noms correspondent à leurs dons... La dragonne s'appelle Camille et ta grand-mère, c'était Léonne..."

Tamira entendit Noxys rire jusqu'au sommet des marches.

Quand Tamira entra enfin dans la pièce, elle vit Noxys en train de parcourir chaque section, lisant les dons de chacune de leurs ancêtres. Séréna attendait au centre de la salle, et en voyant Tamira, elle ouvrit grand les bras en lançant. "Bienvenue dans le repère de ses dames, qu'on surnomme la Voûte qui Envoûte."

À son tour, Tamira examina les environs, incrédule... Elle avait passé tellement d'heures dans cette bibliothèque sans jamais imaginer que cette pièce existait. Son premier réflexe fut de chercher où se trouvait la section consacrée à sa mère.

Séréna pointa le fond de la pièce d'un geste de la main, comprenant ce que Tamira cherchait. Puis elle se tourna et invita

Tamira à la suivre, geste qui la conduisit vers un autre mur. "Suis-moi, Tamira, jusqu'au mur du souvenir de Shina."

Tamira la suivit, observant attentivement les détails de la pièce. Le sol en marbre rose semblait presque danser sous la lumière des flûtes en feu, qui éclairaient la salle. La lumière semblait suivre la mélodie émise par ces flûtes. La salle était sobre, mais élégante. Tamira se demanda pourquoi une pièce aussi vaste avait été aménagée avec si peu de mobilier et sans fenêtres. Malgré cela, une brise légère semblait circuler, contribuant à créer une atmosphère apaisante et chaleureuse. La magie semblait résider dans les flûtes qui produisaient une mélodie envoûtante.

Séréna attendit que Tamira se place devant le mur où les portraits étaient exposés. D'un côté se trouvait le portrait de sa mère, et de l'autre, une représentation plus jeune de Séréna elle-même. Chaque portrait comportait un miroir, reflétant ce qui semblait être la même personne, mais en noir profond et vêtue d'une armure sombre. Sur l'écriteau, on pouvait lire : "Black Rock, l'union de Shina et Séréna. La femme n'a d'égal qu'en l'homme qu'elle a choisi."

Noxys s'approcha par-derrière et s'exclama en premier : "Black Rock. La légende. Quel panache!"

Séréna répondit : "Merci."

Noxys sembla perplexe et posa une question : "Mais pourquoi avez-vous écrit "La femme n'a d'égal qu'en l'homme qu'elle a choisi"?"

"Vois-tu, Noxys, Shina était une femme très complexe, dans une époque où la femme n'avait pas sa place au corps à corps et dans les aventures outre-mer. Shina ne cadrait pas. Pour qu'une femme puisse pleinement s'épanouir, elle doit trouver son égal. L'homme qui saura non seulement la combler, mais la soutenir même si elle n'est pas toujours facile à comprendre. Elle l'avait trouvé en Ducan. Certes, il n'était pas tous les jours évident à endurer avec tous les coups pendables qu'il pouvait bien lui passer par la tête et encore aujourd'hui. Cependant, jamais il ne l'a retenue. Et comme un pont a deux rives et doit avoir une force égale sur chaque port d'attache, ton couple est composé de deux êtres. Ton égal se doit d'être aussi fort que toi afin de te supporter, sans ça tu t'écroules. Les épreuves de la vie sont comme une charge qui traverse ton tablier, et lorsque le poids est sur tes épaules, ton égal te retient et te soutient pour que tu puisses supporter cette épreuve et à ton tour un coup, quand la charge est sur les siennes, tu deviens son encrage et son pilier. Mais une charge en règle générale ne reste jamais sur place et va toujours finir par passer, certaines plus vite que d'autres. Shina tenait à mettre cela malgré qu'on soit dans la voûte des dames, on doit pouvoir avoir confiance que notre secret sera supporté et partagé par notre égal. Quelqu'un de trop fort risquerait de t'écraser. En contrepartie, une personne qui est trop faible risque de s'affaisser. En revanche, ton égale va t'aider à balancer, elle avait l'habitude de dire."

Après un instant, elle rajouta : "Nous, en contrepartie, nous n'avons pas ce problème. Comme vous le savez, on n'a pas de désir d'accouplement ni ce besoin de reproduction. Lorsque notre cavalière devient enceinte, nous, on tombe naturellement en gestation. Jusqu'au jour où tu perdes ta moitié."

Noxys commençait à trouver ça un peu trop profond. Cependant, la dernière phrase avait piqué sa curiosité. "Que veux-tu dire par là, jusqu'au jour où tu perds ta moitié?"

Séréna, qui visiblement aurait voulu se mordre la lèvre sur cette question pour avoir trop parlé, bafouilla un tantinet en disant. "C'est… Comment dire?" Après une petite pause ayant regroupé le fil de ses pensées, elle reprit. "Moi, à titre d'exemple, lorsque j'ai perdu ma cavalière." Séréna n'arrivait pas à nommer le nom de Shina. Avec Tamira, visiblement sous un flot d'émotions à leurs côtés, elle cherchait à choisir des mots les plus impartiaux possibles. Le mot "cavalier" résonnait tout de même dans sa tête, comme si elle venait quand même de prononcer le nom de Shina. Avec un léger pincement au cœur, elle continua tout de même son explication. "Le lien qui nous unissait et qui comblait tous mes besoins s'est également rompu. J'ai pour la première fois ressenti un énorme vide et un besoin inconnu de remplir ce vide en cherchant un nouveau partenaire de vie."

La curiosité de Noxys était à son apogée. Désormais les yeux grands ouverts, elle voulait tout savoir. "Aurais-tu trouvé un amoureux secret?"

Tamira, quant à elle, regardait le portrait. Les yeux humides, elle ne se souciait pas de la discussion qui avait lieu. Elle se dit. "Comme j'aurais aimé que tu sois la maman. J'aurais tant aimé que tu me parles de tes aventures. Sans secret, sans filet."

Noxys, qui pouvait entendre les pensées de Tamira, décida de ne rien répondre et de laisser l'esprit de Tamira s'exprimer seul avec sa mère, comme si elle ne souhaitait pas rompre une conversation privée.

Séréna s'apprêta à réagir lorsque Noxys l'interrompit et lui fit signe de la suivre plus loin.

Tamira, quant à elle, continua de s'adresser au portrait dans sa tête. Pour une raison qu'elle ne pouvait s'expliquer, face à ce portrait, pour la première fois de sa vie, elle avait le sentiment profond qu'elle voyait enfin sa mère telle qu'elle était véritablement. Au cours de toutes ses années, à chacune des fois qu'elle croisait l'un de ses portraits, elle n'avait jamais ressenti que les reproductions reflétaient réellement l'essence même de la mère qu'elle avait connue étant enfant. Pourtant, elle ne savait pas qu'elle était Black Rock et encore moins qu'elle avait ce don de changer de couleur. Néanmoins, dans chaque photo, quelque chose manquait. Elle passa de longues minutes à regarder l'image devant elle. Cette femme forte et douce, qui l'avait mise au monde, ne pouvait être entière sous une seule forme. Elle formait un tout avec ses deux côtés. Malgré le secret qui leur avait été caché, l'essence même de la force de cette femme était palpable et aujourd'hui, dans cette voûte, elle s'ouvrait davantage.

"Oui Noxys, tu veux me demander autre chose?" questionna Séréna, légèrement écartée avec elle, croisant les doigts dans l'espoir qu'elle ne reviendrait pas sur sa première idée.

Noxys regarda Séréna, puis jeta un coup d'œil au portrait et ramena son attention en direction de Séréna et dit : "Oui, j'avais des questions et je voulais également laisser Tamira le temps de parler seule à sa mère, pour ainsi dire, face au portrait."

"Je comprends Noxys. Cette vision du passé a dû provoquer un choc. Cependant, on savait que ce jour viendrait," répliqua Séréna, ravie que Noxys change de sujet en lui offrant une porte de sortie.

Quelques minutes s'étaient écoulées lorsque Tamira les rejoignit, elle entendit Noxys demander : "À quoi sert cette pièce exactement?"

Séréna, qui se tourna de dos à Noxys et Tamira, pointa en direction du mur des souvenirs de la première dame du domaine. Elle commença à raconter en suivant la parole au geste : "Ici, c'est le mur du souvenir de Gamila. La femme de Métado avait une marque en forme de cœur tribal ainsi que sa dragonne sur le côté de la hanche."

Elle fit une pause puis se mit à marcher en direction du mur, suivie par les deux enfants.

"Pour bien comprendre cette pièce, il faut remonter au tout début de sa construction," reprit Séréna.

Noxys l'interrompit en disant : "Mais nous connaissons toutes l'histoire, Métado a bâti ces lieux."

Séréna pivota du regard en direction de Noxys, releva un sourcil d'un air très suspicieux et demanda : "Vraiment? Crois-tu réellement que Métado a érigé seul ces lieux?"

Noxys ne sachant pas quoi répondre, laissa échapper un simple petit commentaire : "Bien…" Après avoir tourné sept fois, sa longue langue dans sa bouche. "C'est sûr que non."

"Ne t'en fais pas Noxys, ce que je m'apprête à vous révéler ne se lit pas dans les livres officiels. Sans parler du fait que le domaine a également évolué au fil des générations." Se retournant en direction du mur où l'on retrouvait la plaque de Gamila, elle passa la main sur celle-ci.

Tamira remarqua le don qui était inscrit sur la plaque de son arrière-arrière-grand-mère, demandant avec curiosité : "Compas! Mais que signifie ce don?"

Puis Séréna continua son récit comme si elle n'avait pas été interrompue : "Son don fut le compas, qui lui attribua une vision exacte des angles et des mécanismes. Elle a donc imaginé et conçu tous les plans du domaine ainsi qu'une multitude de pièces secrètes et de cachettes. Il est dit que certaines salles sont encore demeurées dissimulées au fil des années." Au même moment, elle appuya sur le signe représentant la marque tribale de Gamila.

À ce même instant, la marque s'enfonça et une agitation de mécanismes à peine audible se fit retentir à la grandeur des cloisons. On ne pouvait pas dire si c'était réellement une sonorité de mécanisme ou un doux murmure de chant qui accompagnait la mélodie des flûtes enflammées.

Tamira et Noxys se tournèrent désorientés par tous les bruits des dispositifs s'activant un peu partout dans la pièce, par une simple pression d'un seul bouton. Le sol s'ouvrit au centre de la pièce, dévoilant une table de marbre aux pieds dorés qui émergeait tranquillement d'une pièce dissimulée dans le plancher, comme si elle venait d'apparaître de nulle part. Elle était accompagnée de sièges pour tous. Un bruit sourd de craquement se fit retentir et la dalle se referma sous le mobilier. Un second mécanisme se déclencha subséquemment, cette fois deux dalles du plafond s'écartèrent, laissant descendre de chaque ouverture une bibliothèque contenant des manuscrits, des livres, des manuels et plusieurs plans détaillés de toutes sortes. Les dalles au plafond reprirent leurs places sous un grand fracas et les échos des dispositifs se turent. Les torches se mirent à rayonner davantage et leur chant s'interrompit subtilement.

Tamira et Noxys restèrent la bouche béante. Jamais ils n'auraient imaginé un seul instant de telles prouesses mécaniques.

Séréna s'amena derrière eux, plaçant un bras de chaque côté des épaules des deux enfants, et d'un geste de la main, elle appliqua doucement une pression sous chaque menton, refermant ainsi leurs bouches. Elle dit : "Attention, vous allez avaler des mouches à avoir la bouche grande ouverte comme ça. Arrêtez de vous faire sécher les dents, j'ai bien d'autres secrets à vous dévoiler. À commencer par le sceau de votre mère, ma chère Tamira."

Chapitre 3

Les Préparatifs

Ducan seul, cimenté dans la grande salle avec comme unique compagnon son chagrin, n'avait pas le cœur à la fête. Sa seule fille s'apprêtait à partir pour un périple des plus dangereux, à la recherche d'un frère jumeau dont aucun indice tangible ne pouvait porter à croire qu'ils étaient encore de ce monde. Certes, il s'était déjà retrouvé dans cette même position, il y a déjà fort longtemps. Ils étaient revenus avec quelques balafres, sains et saufs. Cependant, il ne pouvait pas oublier qu'un bon nombre n'avaient jamais eu cette chance et ne sauraient jamais retourner chez eux. Il pouvait désormais rajouter à ce compte ses propres fils. Ducan se demanda s'il pourrait supporter la perte de sa fille, la dernière de sa lignée. À cette seule pensée, il fut terrassé par la peur.

Avalon entra et interrompit la solitude de Ducan, deux chopes d'hydromel à la main. Il s'exclama : "Vieil ami, il serait temps que nous arrêtions de broyer du noir!" Beaucoup auraient vu cela comme un manque de respect, de l'indifférence, à la limite une parole déplacée et mal choisie.

Ducan releva le regard, la plume à la main et le livre de la famille déposé devant lui. Cela faisait déjà quelques heures qu'il était là et n'avait toujours rien écrit.

"Je n'arrive pas à y échapper, mon ami," répondit Ducan.

Avalon lui tendit l'une des chopes d'hydromel tout en disant : "Nous devons parler des préparatifs qui nous incombent en prévision du départ de notre chère enfant."

"Ne pourrions-nous pas trouver une façon de l'en dissuader?" demanda Ducan tout en caressant sa barbiche.

Avalon, avec son air d'ordinaire enjoué, regarda soudain Ducan avec une détermination ardente et lui demanda en s'asseyant : "Es-tu sérieux?... Car je me rappelle bien une époque où ta mère fut confrontée à la même situation, ou presque."

Ducan esquissa un sourire et affirma : "Nous étions jeunes et fous."

Avalon lui rendit un grand sourire à son tour et répondit : "Jeunes, oui, très certainement. Trop jeunes? Nous ne savions pas ce qui nous attendait. L'appel de l'aventure, la fougue de l'inconnu. Je sens encore les brises de l'océan en plein vol sur mes ailes et les trois cent soixante que nous avons exécutés à travers les chutes du pique creusé. Ce qui me fait m'interroger, mais depuis quand avons-nous cessé d'être fous?"

Ducan releva un sourcil, complice, tentant d'afficher une fausse expression d'étonnement et de questionnement, suivi par un long soupir. "Humm..." finit-il par exprimer, pour continuer avec une affirmation qui n'avait rien de surprenant. "Laisse-moi y réfléchir." Un faux silence s'installa, car tous deux connaissaient la suite qui avait été répétée au fil des ans, comme si elle faisait partie d'un refrain qu'on ressortait au fur et à mesure que le couplet de leurs vies passait.

D'une seule et même voix, ils se fixèrent dans les yeux, d'un air autoritaire, tous deux prononçant les paroles culte. "Quand la folie ne saura plus assez folle pour nous décrire, alors la sagesse sera notre seul salut."

D'un geste énergique, Ducan tapa de sa main sur le meuble, essayant de conserver son sérieux pendant un instant, rapprochant son visage de celui d'Avalon jusqu'à en devenir rouge, les veines de son vieux visage ridé apparaissant peu à peu. Avalon, de son côté, le soutenait du regard, tout aussi convaincant. Mais alors qu'un petit rire fumant leur échappait, perturbant leur sérieux, Ducan éclata d'un fou rire à en pleurer, voyant Avalon reculer d'un mouvement sec, levant la patte pour disperser le mince nuage gris qu'il avait créé malgré lui. Ayant repris le contrôle sur le chatouillement qui l'indisposait dans les narines, il finit par éclater d'un rire à gorge déployée à son tour. Tant de souvenirs affluaient à leurs esprits en cet instant, qu'un livre n'aurait pas assez de pages pour tous les contenir.

La discussion continua pendant plusieurs heures, revisitant mille et une anecdotes de leurs folies d'une époque lointaine. Par moments, cela déclenchait des rires, parfois des larmes, et bien souvent un mélange de rires et de pleurs, tout en planifiant les préparatifs du départ imminent de Tamira.

Finalement, la conversation s'apaisa et tomba dans un silence.

Ducan se mit à caresser un rouleau de cuir rouge étampé d'un sceau en forme de cœur, disposé devant lui sur le bureau.

"Tu sais que tu vas devoir le lui remettre avant son départ?" dit Avalon d'un ton compatissant.

"Oui. J'en suis conscient," acquiesça Ducan, avant de répondre à nouveau avec un léger sourire : "Je ne m'en suis jamais séparé depuis qu'elle est partie."

"Elle avait le chic pour exposer les choses," répliqua Avalon tout en frôlant sa longue barbiche, arborant désormais une expression songeuse.

Ducan avait la même expression qu'Avalon, tous deux caressant en même temps leurs longues barbes. Il dit : "Oui, elle avait ce chic. Elle m'a dit avant de mourir : "Lorsque je vais partir, ce sera pour être plus près de toi. Je vais pouvoir être dans ton cœur à toute heure du jour comme de la nuit et vivre dans tes rêves et fantasmes à tout jamais. Oh, je vais être choyée." " Ducan prit une grande respiration et s'étira. D'un geste déterminé, il saisit le gobelet d'hydromel en disant : "Il est temps que tout le monde se réunisse." D'un geste vif, il vida le contenu du gobelet et essuya sa bouche d'un revers de manche.

Pendant ce temps, dans la cour du domaine…

"Aile-d'or, viens que je te présente ma monture qui nous accompagnera," dit Feragil en poussant les énormes portes de l'étable, assez grandes pour laisser passer des créatures deux fois la taille d'un dragon mature.

Aile-d'or entendit un rugissement féroce de l'autre côté de l'entrée, le sol trembla sous l'impact d'une force colossale. Puis il entendit Feragil crier à son tour d'une voix forte : "Calme-toi, ce n'est qu'une petite souris, rien ne mérite que tu aies si peur."

Aile-d'or eut un léger sourire. Quelle créature dotée d'une telle force pouvait craindre une si petite bestiole? Sa curiosité était à son comble. Il entra donc dans l'étable peu de temps après Feragil.

Au moment même où il franchit le cadre de la porte, il vit une petite créature dépourvue d'ailes, volant dans les airs à quelques centimètres de lui, effleurant le bout de son nez. Grâce à son agilité, il évita les minuscules pattes acérées de la petite créature. Puis, d'un geste automatique parfaitement synchronisé qu'il avait dû répéter déjà un millier de fois au cours de sa jeune vie, il dégaina son épée en effectuant un tour complet sur lui-même, atterrissant en position de parage, prêt à riposter à l'attaque. Sa réaction était instinctive à l'égard de la grande masse sombre qu'il avait à peine distinguée du coin de l'œil, presque en dehors de son champ de vision. Une énorme créature émergea des ténèbres, les bras grands ouverts, détruisant tout sur son passage. Un rugissement si puissant et féroce en sortit qu'il suffit à faire tomber Aile-d'or à la renverse, juste par la pression sonore.

"Mais qu'est-ce que c'est que cette bête?" demanda-t-il, surpris. Bien que rarement pris au dépourvu, Aile-d'or avait vécu suffisamment d'aventures pour faire face à des situations inattendues. Pourtant, il n'avait pas envisagé d'être si rapidement terrassé par un adversaire d'une telle envergure. La surprise était de taille.

"Doucement, Bino. Doucement! Elle est partie, la petite souris!" dit calmement Feragil, les mains ouvertes dans une tentative d'apaisement envers la bête.

L'animal continua de rugir légèrement, en signe de contestation, puis secoua la tête et sembla enfin se calmer, abaissant ses grandes pattes acérées. À ce moment-là, Aile-d'or remarqua une ombre derrière la bête, beaucoup plus imposante, se repliant sur elle-même.

"Elle s'est calmée, tu peux te relever maintenant, Aile-d'or," répliqua Feragil en se tournant vers lui. Voyant Aile-d'or affalé dans la boue et la paille, l'air déconcerté, il se mit à rire aux éclats en ajoutant : "Si tu voyais ta tête." Et il continua de rire de plus belle.

Aile-d'or observa Feragil se moquer, prit une pause pour s'examiner. Il était assis, le cul trempé dans la boue et la paille. Finalement, il ne put s'empêcher de rire lui aussi. Comment aurait-il pu anticiper une créature si imposante? Il se demandait quelle était l'ombre encore plus massive qu'il avait eu l'impression d'apercevoir avant que Bino ne se calme.

Reprenant son souffle, Aile-d'or demanda : "Qu'est-ce que c'est?"

Feragil faisait la moitié de la taille de sa monture assise. Aile-d'or ne pouvait qu'imaginer la corpulence de l'animal à sa pleine grandeur.

Feragil se dirigea vers Bino pour lui caresser le dos tout en répondant : "C'est une Gou-aillée."

Les yeux d'Aile-d'or s'écarquillèrent de surprise. "Une Gou-aillée? Les gorilles au poil long avec d'énormes ailes? Ceux dont on dit qu'ils ont la force de deux dragons à eux seuls?"

"Oui, c'est ça, Aile-d'or," répondit Feragil.

"Mais c'est une créature mythique, une créature légendaire! J'ai lu que son cri pouvait réveiller l'esprit des montagnes de feu, du moins d'après les épopées." Renchéris Aile-d'or, sa voix trahissant son excitation et sa curiosité. "On m'avait dit que ça n'existait pas. Il vient d'où?"

"Elle…" Feragil corrigea avec un sourire.

"Moah! Bino, femelle!" Réagit Bino d'une tonalité bestiale à peine compréhensible, bien que son indignation soit palpable.

"Oui. Désolé! Elle vient d'où?" Résuma Aile-d'or d'une intonation humble.

"Sa colonie vit dans les hautes montagnes du Nord. Il n'y en a jamais eu beaucoup dans l'histoire, car leur société est très sélective envers les nouveau-nés. Seuls les plus forts survivent. J'ai trouvé celle-ci au bord de l'agonie, blessée par une autre créature qui lui a arraché deux de ses doigts. Je l'ai recueillie et soignée. Je crois qu'elle a été rejetée parce qu'elle était trop petite par rapport aux autres."

Aile-D'or n'en croyait pas ses oreilles… Avait-il bien saisi "trop petite"? Pourtant, elle lui semblait immense, voire colossale.

"Elle a refusé de retourner avec les siens après ça. Depuis ce jour, nous formons une bonne équipe lors de mes déplacements. Elle ne parle pas beaucoup et son vocabulaire est très limité, mais nous avons appris à nous comprendre et à nous faire confiance. Je ne compte plus le nombre de fois où elle a dû me sauver la vie." Feragil grogna quelque chose d'incompréhensible, puis Bino se redressa et ramassa une sangle qui aurait pu probablement porter une calèche.

En passant devant Aile-d'or, resté assis sur le sol, il pouvait sentir la terre vibrer sous chaque pas du mastodonte. Aile-d'or hésitait à bouger, craignant de se trouver sur le chemin de Bino et d'être bousculé par sa démarche.

Bino lui lança un regard amical avant de sortir. À présent éclairée par la lumière du jour, Aile-d'or put voir ses incisives acérées dépassant de chaque côté de sa bouche. "Elle devait mesurer deux fois la longueur de ma main," pensa-t-il. Elle était recouverte d'une fourrure brune soyeuse de la tête aux pieds, à l'exception des épaules qui étaient cendrées, donnant l'impression d'une épaulette d'armure permanente. Un pelage défiant la logique, incroyablement soyeux, mais aussi fort que l'acier.

Elle déposa la sangle à côté d'un gros tronc d'arbre qui avait été monté sur quatre pattes de bois. Le tronc s'avéra être une sorte de coffre, duquel Bino ouvrit le couvercle pour en retirer une prothèse en métal immense avec les deux doigts manquants, qu'elle revêtit comme un gant d'armure. Ensuite, elle sortit un brassard pour l'autre bras.

"Tu viens?" demanda Feragil à Aile-d'or en lui tendant la main pour l'aider à se relever. Voyant qu'il ne réagissait pas, Feragil claqua des doigts.

"Oui, oui," répondit Aile-d'or en sortant de sa fascination pour Bino et acceptant l'assistance pour se relever.

"Je dois vérifier si la sangle est intacte avant que nous partions avec Tamira. Parce que disons-le, on ne risque pas de trouver beaucoup d'auberges capables de réparer son attelage facilement et correctement," lança Feragil.

"Ça ne doit pas être facile. C'est une pièce unique, j'imagine, un peu comme sa prothèse," répliqua Aile-d'or.

Tout en continuant à discuter avec Aile-d'or, Feragil laissa Bino se préparer en revêtant fièrement les quelques accessoires d'armure qu'elle portait. Feragil avait passé des mois à confectionner pour elle un plastron, une paire de jambières et des brassards. La création du brassard jumelé à la prothèse avait pris le plus de temps, non pas parce qu'il croyait qu'elle était diminuée sans ses deux doigts, mais simplement pour qu'elle ne se sente pas inférieure en aucune façon. Elle finit par l'utiliser comme un bouclier pouvant encaisser les coups. Feragil avait également fabriqué une variété d'armes pour elle, mais rien ne rivalisait avec ses longues griffes et sa capacité à saisir l'adversaire avec une force brute. Par conséquent, seule une mince, mais solide cotte de mailles avait été créée pour protéger l'intérieur de sa main lorsqu'elle empoignait une arme ou autre. Les risques de blessures auraient été rares en raison de la dureté de la corne qui s'était formée au fil des ans, mais Feragil n'aurait jamais pris de risque inutile.

Une fois le travail terminé, Bino plaça le harnais sur le tronc, et Feragil l'examina attentivement, marquant les pièces à réparer et à rectifier pour le cordonnier. Ensuite, il marmonna quelque chose d'incompréhensible à Bino, suivi par elle qui déplia ses longues ailes.

"Remarquable! Elles sont plus blanches que la neige à l'extérieur et d'un noir de charbon à l'intérieur. Un camouflage parfait pour de nombreuses situations," s'exclama involontairement Aile-d'or, ne réalisant pas qu'il parlait à voix haute.

Bino ramassa la sangle, la balança sur son épaule d'un mouvement fluide. En fléchissant légèrement ses pattes arrière sous l'impact pour équilibrer la pièce d'armure, elle battit des ailes et prit son envol pour aller la faire ajuster.

"C'est pas tout, mais on va quand même devoir remplir nos bourses après avoir mangé," reprit Feragil avant d'éclater de rire.

Aile-D'or le regarda en train de rire et demanda, "Pourquoi ris-tu autant?"

Feragil répondit, "Tu aurais dû voir ta face lorsque Bino a bondi et que tu es tombé à la renverse." Son rire s'intensifia sur ses dernières paroles.

"C'est ça, moque-toi, paie-toi ma tête. Ça sera bien mon tour un jour de rire de ta gueule," répondit-il, avec un énorme sourire tout en secouant les herbes qui s'étaient posées sur ses vêtements.

Puis nos deux nouveaux acolytes partirent en riant en direction de la salle à manger.

Dans la grande cuisine…

Les serviteurs et cuisiniers étaient tous au travail à œuvrer sur le souper ainsi que les préparatifs pour emporter. Des ingrédients pour faire des galettes séchées furent mélangés et compactés, histoire de s'assurer qu'en toutes circonstances nos voyageurs auraient au moins une chose sur laquelle ils pourraient se rabattre en cas de besoin, afin de pouvoir se nourrir. Des gourdes d'hydromel et d'eau fraîche furent remplies jusqu'aux goulots. Quelques fruits déshydratés et des noix étaient soigneusement emballés contre les intempéries.

Une seule personne dans toute la pièce ne prenait pas part à l'action. Lucien était assis sur le rebord d'un tabouret, le menton bien encastré dans la paume de sa main, le coude bien accoté sur le comptoir de bois. Perdu dans ses pensées, il s'adonnait à de petits dessins dans la farine de moutarde qui était restée à proximité sur le comptoir. D'ordinaire très travailleur et très enjoué, il n'avait pas le cœur à l'ouvrage, ni aux plaisanteries d'ailleurs. Il ne craignait pas que sa femme vienne le bousculer non plus, car elle s'était mise dans la tête de s'assurer que toutes les sacoches et les bourses seraient sans reproche, et elle y passerait la nuit si cela s'avérait nécessaire. Malgré sa blessure, elle ne voulait pas entendre raison. Il avait l'habitude qu'elle ne l'écoutait pas et qu'elle ne souhaitait pas prendre le temps de se reposer. "Je veux m'assurer qu'il ne leur manquerait rien à ces petits garnements. Tu le sais bien, ils ont toujours la tête ailleurs et l'on ne sera pas là pour leur apporter ce qu'ils vont avoir oublié," lui avait-elle répondu tout en partant accrocher à la première branche d'arbre qu'elle avait trouvée à proximité en guise de canne.

Lucien savait très bien qu'il n'aurait jamais rien pu faire pour la faire changer d'idée, même s'il lui avait subtilisé cette branche qui lui faisait office de canne, deux fois sa petite grandeur. On aurait dit que ça lui nuisait plus que ça pouvait l'aider, mais que dire de plus?

Malgré sa préoccupation, il savait qu'il ne pourrait pas l'arrêter. Un sourire fugace passa sur son visage en imaginant sa douce aimée, résolument roulant au sol pour se déplacer, même si son appui lui avait été subtilisé.

Tous ses espoirs étaient fondés sur une bougie, une seule bougie qui avait vacillé et refusé de s'éteindre, se dit-il. Lucien ne se faisait pas plus jeune et il était très fatigué. Les dernières journées l'avaient exténué. La nouvelle du messager était dure à prendre, mais le stress de l'annonce de son épouse qui s'était fait mal l'avait inquiété au plus haut degré. Elle était tout pour lui.

Au sein de cette grande famille, elle était sa raison de vivre. Il se préoccupait bien sûr de ses enfants, ressentait un chagrin indéniable, mais il ne pouvait accepter de voir sa femme se surmener à cause d'une intuition. Après tout, elle non plus ne rajeunissait pas. Malgré ses innombrables défauts, commençant par son caractère exécrable qu'elle n'avait sûrement pas adouci avec l'âge, elle avait fait de sa vie un enchaînement de péripéties des plus colorés.

Le repas était pratiquement prêt. Régal, l'un des cuisiniers, remarqua que Lucien n'était pas dans son état habituel. Sans un mot, il lui servit un grand verre d'hydromel qu'il plaça devant lui en disant, "Tiens, mon ami, bois, ça te fera du bien." Puis, il prit un torchon pour essuyer et nettoyer le comptoir tout en laissant une partie de la farine devant Lucien.

Lucien fixa le cuisinier, hocha la tête et prit une gorgée de la boisson. En regardant la farine, il esquissa un léger sourire en apercevant le portrait de sa femme qu'il avait dessiné, un pied dans un chaudron.

À ce moment-là, il regarda à nouveau Régal en déposant sa chope d'hydromel et dit, "Merci bien." Puis, d'un mouvement décidé, il se leva et se tourna vers la sortie, résolu à aller aider sa tendre épouse.

Chapitre 4

Le Sceau de l'Amour

"Vous vous apprêtez à entreprendre un long périple, mes enfants." Dis Séréna en fixant le mur du souvenir de Shina. Elle effleura la plaque du bout du doigt, envahie par un mélange de nostalgie, d'excitation, d'aventure et surtout d'inquiétude.

"Ta mère avait prévu cette journée. Elle avait donc placé une lettre dans son armure à ton attention." À cette dernière parole, Séréna appuya sur le sceau de son âme sœur qui était également le même sceau qu'elle arborait depuis des années. Ce geste déclencha à nouveau des mécanismes dans un bruit de guerre de pistons. Un grand craquement suivi d'un bruit de poulies se déclencha. Un vaporeux nuage de poussière émergea des côtés du mur du souvenir de Shina, à partir du niveau du sol, suivi par un peu de poussière de la jonction entre les murs, pour finir par le rattachement du plafond. Une section du pan de mur de chaque côté se mit à bouger et à avancer de quelques coudées. Sans prévenir, tout à coup, tout s'arrêta, plus un bruit durant quelques secondes, puis un nouveau grincement de poulie se fit à nouveau entendre. Cette fois-ci, les deux pans de mur se mirent à pivoter sur eux-mêmes, révélant un trésor inestimable de légende et d'histoire.

Une collection d'armures semblait exposée comme dans une galerie d'art. Deux pièces en particulier se distinguaient. Sur un mannequin en bois se trouvait une cotte de mailles d'une finesse telle qu'une aiguille aurait du mal à la pénétrer. Toutes les armures étaient forgées du même métal que l'Œil du Dragon, ainsi que la dague qui l'accompagnait. Juste à côté, un autre mannequin en bois portait une armure d'un noir de minuit, incrustée de détails bleu métallique ressemblant aux écailles d'un dragon. Il s'agissait de l'armure décrite dans les contes et les chansons, désormais exposée devant eux. Au centre de cette dernière, Tamira remarqua qu'il manquait la pierre de famille, ayant la même forme que le pendentif que sa mère lui avait donné quelques jours avant sa mort. Doucement, elle s'approcha, sans détourner les yeux de l'armure. Elle enleva l'amulette de son cou et la déposa avec précaution sur l'armure. La pierre, qui représentait les étoiles du ciel, se mit à briller.

"Enclenche-la, mon enfant. Appuie dessus et active son mécanisme," murmura doucement Séréna.

Tamira, qui n'avait pas quitté des yeux le pendentif, appuya sur le bijou. Un bruit de clic se fit entendre alors que le pendentif trouvait sa place et que de petites dents de métal sortaient pour fixer le joyau en position. Une petite porte dissimulée dans l'armure s'ouvrit, laissant tomber un petit parchemin ficelé avec le sceau familial en cire. Juste sur le sceau, un petit cœur avait été gravé à la pointe d'une dague.

Avec précaution, Tamira se pencha et ramassa le cylindre scellé. Cette lettre était les derniers mots que sa mère lui avait adressés. Des larmes s'échappèrent de ses yeux tandis qu'elle tenait le parchemin entre ses doigts. Elle fut sur le point de rompre le sceau pour lire le message, mais hésita et s'arrêta.

Pendant ce temps, Noxys s'était tournée vers l'autre côté du mur, où d'autres présentoirs contenaient des armures de dragonne assorties aux couleurs de Shina.

"C'est... Non, mais c'est vraiment..." bafouilla Noxys maladroitement, cherchant ses mots. Ses yeux pétillaient devant ces créations magnifiques. Elle les examina une par une, jusqu'à ce qu'elle tombe sur une armure cuivrée marron.

"Oui, Noxys, ce sont les armures que j'ai portées autrefois. Elles sont maintenant toutes à toi. Qu'elles te protègent comme elles m'ont protégée lors de mes aventures. Heureusement, nos proportions sont similaires," ajouta Séréna avec un léger sourire, dévoilant ses dents toujours aussi acérées. En se tournant vers Tamira, son ton devint taquin : "Pendant ce temps, Tamira devra peut-être ajuster les siennes, car soyons francs, elle a une silhouette bien plus voluptueuse que sa mère, du moins au niveau de la poitrine." Noxys et Séréna échangèrent un sourire complice, tandis que Tamira ne sembla pas prêter attention à cette petite plaisanterie.

Noxys se tourna en pointant au hasard les armures et Séréna, tout en demandant : "C'est bien beau tout ça, mais comment diable allons-nous sortir d'ici? Certainement pas par les couloirs et la bibliothèque en portant nos armures à la vue de tous!"

Séréna pointa à son tour Noxys, puis une section du fond de la pièce, et demanda en même temps : "Tu vois ce mur là-bas?"

"Oui," répondit Noxys en regardant dans la direction que Séréna indiquait. Intriguée et perplexe, elle poursuivit : "Je vois un grand mur. Pourquoi?"

"Ce mur est en fait une illusion très bien conçue. En réalité, il cache une ouverture à l'abri de la lumière. On pourrait passer des centaines de fois devant sans se rendre compte qu'il y a un décalage entre les deux murs, créant une ouverture qui mène directement à l'extérieur," expliqua Séréna.

Intriguée, Noxys reprit : "J'ai volé maintes et maintes fois ici. J'ai même parcouru toute la structure, et je n'ai jamais vu d'entrée extérieure ni même entendue parler d'une telle sortie."

"De l'extérieur, étant donné que la sortie est sur la façade nord, l'absence de lumière directe et l'angle de l'ouverture aident énormément à la dissimuler. Toutes ces tours ont été conçues de manière à préserver l'illusion d'un mur solide, sans raccord ni accès. Il est donc normal que tu ne l'aies jamais vue ni même soupçonnée. Comment aurais-tu pu savoir qu'une telle porte existait, encore moins où la chercher?" ajouta Séréna avec un sourire amusé.

"Je dois aller voir ça de plus près. Viens-tu, Tamira?" demanda Noxys en se dirigeant vers l'entrée dérobée.

Tamira, toujours accroupie, ne leva pas les yeux. Le petit rouleau de parchemin jauni par le temps dans la main, elle se contenta de caresser le sceau de cire, toujours à penser à sa mère qui lui avait laissé ces dernières paroles. Aura-t-elle dû l'ouvrir? Elles avaient attendu d'être lues depuis si longtemps maintenant. Que pouvait-elle bien contenir? Tamira n'arrivait pas à se résigner à briser le sceau, elle ne se sentait pas tout à fait prête. Les questions s'enchaînaient et se succédaient à un rythme effréné dans sa tête. Sa mère avait-elle véritablement prévu ce jour tel qu'il se présente, ou était-ce juste le fait de lui présenter son identité secrète d'un passé révolu? La pensée que les mots scellés sous le cachet pourraient receler d'autres secrets, si ce n'est qu'une multitude de secrets, ne ménageait pas de pavé son imaginaire. Voulait-elle vraiment savoir ce que ce message cachait dans un mur de silence ciré d'un cœur gravé? Sortant de son nid de questions, l'instant d'un soupir, elle répondit à Noxys : "Non. Vas-y. Je verrai cela plus tard."

Tamira se releva et regarda Séréna qui suivait Noxys, puis demanda : "Avez-vous d'autres choses importantes à nous montrer ou à nous dire avant que je retourne à mes quartiers?"

Séréna fixa Tamira, qui semblait émotionnellement bouleversée et dépassée par les révélations de la journée, puis répondit : "Non, Tamira! Tu peux aller te reposer. Nous parlerons à nouveau lors du souper."

Sans attendre davantage, Tamira se retourna et partit par l'entrée par laquelle elles étaient arrivées, le parchemin entre les mains. Juste avant de franchir l'arche de l'entrée, elle s'arrêta et dit à haute voix : "Merci pour toutes ces confidences, Séréna!" Puis elle continua sa route.

Pendant ce temps, Noxys, devant le mur, regardait toujours sans voir de passage.

Séréna la laissa languir quelques instants, savourant l'expression affichée sur le visage de Noxys. Après quelques bons moments, Séréna dut se résigner, à contrecœur, à mettre fin au spectacle, et elle lui dit : "Avance Noxys, tu es juste devant."

Avec une certaine septicité, Noxys avança prudemment tout en levant une patte, se guidant comme le ferait un vieil aveugle, afin d'éviter tout obstacle dans l'obscurité. Cependant, au moment où elle s'attendait à heurter le mur, elle ne toucha rien. Elle continua d'avancer et commença à percevoir la supercherie de l'illusion d'optique. Le premier mur, très mince, chevauchait le second de quelques coudées, créant une ouverture suffisante pour passer facilement. Les motifs du mur de fond, bien que similaires, semblaient légèrement plus grands, créant un effet d'optique. Sans ombre ni reflet, la tromperie était parfaite. Noxys réalisa alors que, malgré ses innombrables vols autour de la tour, elle n'avait jamais prêté attention à cette ouverture, et donc ne l'aurait jamais découverte, à moins de s'écraser accidentellement à cet endroit précis de la paroi.

Séréna se souvint de son premier jour dans ces lieux et dit : "Noxys, lorsque tu reviendras, fais très attention, même si tu crois être vis-à-vis de l'embouchure." Avec ses paroles quittant ses lèvres, Séréna ne put s'empêcher de se passer la langue sur ses dents acérées. Seule une personne avisée aurait remarqué que l'une d'entre elles était manquante, et il n'existait personne de plus avisé que Séréna elle-même sur ce fait. Sa langue s'arrêta dans le trou béant où jadis résidait une des dents qui lui avait été volée par le destin et qui ornait aujourd'hui le mur juste à côté de l'entrée dérobée…

Avec une grimace crispée, elle avait encore l'impression d'entendre son corps s'affaler de tout son long sur le mur, ayant manqué de peu l'entrée. Tel un maringouin n'ayant pas regardé son parcours, elle venait de frapper un arbre plus grand qu'elle… y laissant dans un fracas de bruit immense une dent emprisonnée, à tout jamais, dans la pierre. Elle se revoyait glisser le long de la tour, les ailes écartées de chaque côté, et le dernier craquement résonnait encore aujourd'hui dans sa tête, comme si on lui disait à nouveau un dernier salut et que le dernier rempart la rattachant à son lieu de naissance venait de lâcher. La dent venait de céder et la mâchoire criait de douleur. Séréna savait qu'elle était dans le mur. Sa dent lui avait été dérobée par cette paroi en une fraction de seconde, pour avoir manqué l'entrée…

"Il faut que je voie ça." Et sans plus attendre, Noxys se précipita par l'ouverture, suivie de près par Séréna qui lui décrivait la sortie comme si elle croyait que Noxys l'écoutait.

"Aucune porte, aucun mur, l'entrée et la sortie suivent un couloir légèrement en forme de "U". À l'extrémité de la sortie, il y a un contre-courant généré par la tour qui crée un vent ascendant pour t'aider à t'envoler silencieusement."

En l'espace de quelques secondes, Noxys se retrouvait déjà en vol à l'extérieur. Elle fit un volte-face pour se retourner et ne vit pas l'entrée, tout en sachant très bien qu'elle était juste là. Séréna sortit à son tour et à ce moment-là, Noxys vit un léger décalage entre les lignes de la pierre qui était à peine perceptible. Elle entama un tour complet dans les deux directions, gardant la localisation de l'entrée bien en tête, qui était relativement assez grande pour un atterrissage sans encombre pour tous ceux qui savaient où elle se trouvait, à condition de bien s'aligner.

Séréna la regardait faire, amusée et bien obligée de reconnaître que l'attitude de Noxys était comparable à sa propre réaction la première fois où elle-même avait été initiée à cette entrée trompe-l'œil.

Suite à plusieurs survols en rase-mottes sur toute la surface de la tour, Noxys remarqua une petite poche d'air chaud qui semblait se présenter juste devant l'embouchure, et cela, si elle ne se trompait pas. La dragonne se mit en vol stationnaire, faisant un lien entre l'entrée et le système de lévitation qui était à l'origine de cette variation de chaleur très subtile. Elle fit un dernier tour de la tour avant de s'engouffrer directement à travers la poche d'air. Si ses observations et son calcul de plan de vol avaient été le moindrement erronés, à la vitesse à laquelle elle avait décidé d'exécuter la manœuvre, elle aurait aussitôt accroché un autre trophée au mur juste à côté de celui de Séréna.

Noxys entra sans encombre par l'ouverture et Séréna sourit intérieurement, se rappelant encore sa première tentative, qui fut beaucoup moins habile à l'époque. Elle passa à nouveau sa langue sur le trou qu'avait laissé sa dent, entendant tel un écho du passé les ricanements de Shina qui avaient duré des années. À l'époque, ce petit rire moqueur l'embêtait tout en lui rappelant cette expérience pénible, mais aujourd'hui, combien elle donnerait cher pour l'entendre à nouveau. Cette pensée nostalgique la fit sourire légèrement. C'était une expérience qu'elle avait, cependant, vite fait de ne pas répéter.

De retour à l'intérieur, Noxys se questionna : "Mais comment est-ce possible? Ce n'est pas une question d'hérédité, toi et Shina, vous n'étiez pas de la même lignée que Gamila et tous les autres?"

Séréna n'avait pas de réponse précise, mais elle expliqua ce qu'elle en avait compris. "Selon la légende familiale, cela pourrait être lié à une sorte d'alliance génétique, une bénédiction ou une malédiction pour la famille du Firmament Astral. Nous ne savons pas si cela remonte à avant Gamila, ni s'il y a eu d'autres familles touchées par un tel phénomène. Jusqu'à présent, aucun homme n'a reçu ce qu'on appelle désormais le "sceau de l'amour". À chaque apparition de la marque, le don qui lui est associé est différent, et si l'on se réfère à l'histoire, le don apparaît en même temps que la marque. Certains dons sont si subtils qu'il peut falloir des années avant de les découvrir."

Séréna se dirigea vers un autre mur des souvenirs, invitant Noxys à la suivre. "Je te présente l'une de nos historiennes les plus dévouées, Horizonella. Son don était lié à l'écriture." Elle enclencha le sceau en forme de plume, et dix nouvelles voûtes s'ouvrirent à travers la pièce, révélant des bibliothèques en spirale dorée.

Noxys était encore émerveillée par cette découverte, pensant automatiquement à Tamira avec sa passion pour les livres. Il y avait des centaines de volumes sur les étagères, remplies de livres, de parchemins et de manuscrits. Seule une tablette restait vide, nichée dans la colonne près d'elles. Un seul livre doré, arborant le symbole de l'infini, y reposait. À côté, un coffret doré portant le même sceau était posé. Séréna prit le duo d'objets et se dirigea vers la grande table au centre de la pièce.

En chemin, elle posa une question à Noxys. "Ce qui m'amène à te demander : as-tu vécu des changements ou des apparitions de capacités inhabituelles?"

Alors qu'elles prenaient place autour de la table, Noxys commença à raconter l'expérience du mur où elles avaient ressenti des picotements et vu apparaître la marque pour la première fois.

Séréna écoutait attentivement tout en ouvrant le couvercle du coffret d'une main, puis en prenant le signet de soie rouge qui dépassait du livre de l'autre main. D'un geste délicat, elle tira sur le signet et le livre s'ouvrit devant elle.

Noxys jeta un coup d'œil au contenu du coffret tout en continuant son récit. Son regard se posa sur le premier objet à l'intérieur. Elle crut reconnaître une belle plume blanche avec une barbe vert foncé et une hyporachis, mais elle ne pouvait pas croire que cette plume pouvait réellement exister. Elle interrompit son récit pour poser une question. "Qu'est-ce que c'est?"

Séréna prit la plume et dit. "Ceci serait une plume de Fervert…"

Noxys ne put retenir sa surprise face à la réponse de Séréna. "On nous a toujours dit que ces créatures mythiques n'ont jamais existé. À part quelques contes, il n'existe aucune trace ni témoin de leur existence, à part peut-être la statue de l'une des triplettes. C'est la sœur aînée de Gamila qui a une représentation sculptée sur l'épaule. C'est la seule représentation que je connaisse." Ses yeux se posèrent sur un autre objet doré dans le coffret. Son ton ralentit à mesure que sa curiosité grandissait et qu'elle plongeait sa patte dans la boîte pour aller à la rencontre de l'objet en question. Elle demanda : "Si l'on parle bien de ce fauve blanc et vert, avec une tête argentée dont la crête et le bec sont faits de métal?"

Séréna comprenait le scepticisme de Noxys et continua ses explications avec plus de détails. "Tu vois, ce coffret renferme les trésors des trois sœurs. Gamila est celle qui a conçu cet endroit pour la famille, et la boîte est destinée à la sœur aînée des triplettes, Horizonella. Cette dernière écrivait l'histoire et archivait principalement, mais pas uniquement, les événements de son époque. Cependant, ses archives contiennent également de nombreux travaux dont les textes semblent incompréhensibles, voire farfelus."

Noxys détourna son regard de l'objet qu'elle tenait maintenant entre ses pattes pour regarder Séréna. Elle répéta ses mots d'un air surpris. "Voire farfelus?"

"Oui, Noxys. Certains de ses ouvrages parlent de Dieux disparus, de créatures inconnues et d'autres sujets qui semblent incohérents pour beaucoup. Elle a noté des passages qui semblaient faire partie du passé, d'autres du futur, mais rien de tout cela n'était parfaitement compréhensible sur le moment. Selon le livre des talents ici." Séréna pointa le livre ouvert devant elle, puis sortit un sceau de la boîte. "Horizonella avait le don de voir à travers le temps. Ceci est le sceau du cœur de la famille."

"Noxys interrompit. "Mais il n'y a pas de gravure sur le sceau."

Un sourire se dessina sur les lèvres de Séréna, et elle affirma : "Pas de gravure visible pour le moment. Donne-moi ton bras."

Noxys tendit son poignet, et Séréna le saisit doucement. Elle appliqua le sceau à tête cuivrée sur la marque apparue sur son bras. Puis, elle tourna le sceau de manière à ce que Noxys puisse voir. Là où il manquait une gravure pour estamper la cire, apparut une réplique en miniature de la marque sur le bras de Noxys. Séréna parla avant que la dragonne puisse réagir. "Ce sceau est magique. Lorsque j'appose le sceau de Shina et le mien à côté du vôtre, votre marque apparaît également. Regarde." Elle appuya fermement sur la page à côté de la description les concernant. Au même instant, les noms de Tamira et de Noxys apparurent, ainsi que leurs talents. On pouvait y lire : "Un lien plus fort que le fer et l'acier qui unit deux âmes, deux cœurs, deux esprits, au-delà du temps et de l'univers."

Séréna retira le sceau, et il n'y avait rien sur la page où le sceau avait été appliqué. Puis, soudain, comme une ligne de poudre noire invisible prenant feu, les formes commencèrent à apparaître, révélant une copie parfaite de la marque sur le bras de Noxys. En même temps, non loin de là, sur l'un des pans du mur des souvenirs qui était vide, une lumière jaillit sur la plaque, comme si un tracé de poudre avait été allumé, et les informations s'y trouvèrent gravées.

Noxys fixa alternativement le mur des souvenirs et le livre, affichant une expression d'émerveillement. Elle connaissait l'existence de la magie, mais elle en avait rarement été témoin. La magie n'était pas une pratique courante sur les terres de sa famille. Quelques habitants la pratiquaient à l'occasion, et il y avait des objets magiques, mais la plupart de ces éléments étaient liés à la défense du domaine ou à de vieilles reliques qui ne servaient presque jamais, voire jamais du tout.

Séréna reprit l'attention de Noxys en prenant l'objet qui avait été entre ses pattes pendant un moment. "Tu ne sais probablement pas ce que ceci est?" demanda-t-elle.

Noxys secoua la tête en signe de négation, mais elle ne dit rien cette fois, craignant d'interrompre la suite des explications de Séréna.

Tenant l'objet dans ses mains, Séréna le tourna sous tous les angles pour l'observer. "Selon les archives, ce sont des lunettes de vol que Nivie aurait données à sa sœur Gamila juste avant de disparaître à tout jamais. Tout comme le Fervert, personne n'a jamais vu ce type d'objet auparavant. On ne sait pas, sauf peut-être Nivie elle-même, d'où proviennent ces lunettes enveloppées dans un cuir inconnu, servant de cache-soleil. Nivie était connue pour avoir avec elle des objets mystérieux, sortis de nulle part. Elle disparaissait régulièrement pour réapparaître quelques heures, jours, voire semaines plus tard, vêtue de façon étrange."

Séréna continua. "Si tu vas à son mur des souvenirs, tu verras un portrait d'elle, vêtue de noir de la tête aux pieds, avec un chapeau qui faisait bien souvent rire Shina et moi. Ce chapeau avait une longueur disproportionnée, assez grande pour cacher complètement sa tête. Elle portait plusieurs sangles à la ceinture et un objet qu'elle prétendait être non magique, mais qui semblait être un outil magique, avec des cylindres pouvant être projetés et causants d'énormes dégâts."

Noxys, en regardant le portrait de Nivie, répondit : "Cela ressemble au mystère du Fervert, dont personne ne sait l'origine."

"Exactement, et la seule preuve de son existence sur toute la planète est cette unique plume qui fut trouvée après sa disparition, à en croire les archives. Nivie pouvait voyager instantanément d'une place à l'autre, sur le dos de sa dragonne. Où elle allait, personne ne pourrait te le dire. Les quelques mentions de ses voyages sont assez incompréhensibles et nébuleuses. On sait qu'elle voyageait beaucoup et qu'elle partait rejoindre un amoureux secret… Tu sais désormais que j'ai beaucoup voyagé, et les plus grands mystères ont toujours été ceux que j'ai trouvés dans cette pièce, à commencer par les trois triplettes. À elles trois, elles formaient probablement les plus grands experts que l'univers ait jamais eus."

"Tamira va sûrement se régaler avec tous ces livres lorsque nous serons de retour," songea à voix haute Noxys.

Chapitre 5

Le Visage dans les Flammes

Entre-temps, Tamira arriva dans ses quartiers.

Toujours absorbée dans ses pensées, elle referma la porte mécaniquement avec un mouvement arrière de la jambe. Malgré le nombre de fois que sa mère lui avait répété qu'une porte avait une poignée et que ce n'était pas pour les pieds, Tamira n'avait toujours pas pris l'habitude de la refermer avec la main. Elle avait gardé cette habitude tout en se répétant d'ordinaire les paroles de sa mère, comme si le geste l'obligeait à chaque fois d'avoir une pensée pour elle. Mais pas cette fois-ci. Elle tenait toujours la lettre dans sa main et elle se questionnait. Un léger frisson lui parcourut le corps, à ce moment-là, Tamira pensa : "La nuit sera fraîche." Cependant, la fatigue en était probablement davantage la cause.

Elle s'approcha d'une table d'acajou tigré gris et marron, dans la section du salon de leur chambre. Elle se pencha doucement afin d'y déposer le parchemin. D'un mouvement désinvolte, elle s'approcha du manteau de cheminée, sculpté d'une seule pierre de granite. Elle y prit appui, ayant déposé sa main sur l'une des cinq têtes de dragon qui y figuraient. Restant quelques secondes dans un silence total, perdue au plus profond de son esprit et sans prendre part à aucune des milliers de questions qui pouvaient placarder les murs de son imaginaire, elle finit par trouver le calme. Un silence intact subsistait dans son antre. Pour la toute première fois depuis quelques jours, elle avait le regard absent. Elle se contenta de fermer les yeux et d'écouter le son de sa propre respiration et le battement de son cœur. Un nouveau frisson lui parcourut l'échine. Tamira ouvrit les yeux, bien malgré elle. Regardant les cendres flegmatiques qui étaient demeurées au cœur de la bête, elle décida de lui redonner vie. Quelques instants après avoir nettoyé le sol, elle plaça quelques rondins bien entassés sur un lit de brindilles et de copeaux de bois qui furent imbibés préalablement d'huile de fleurs poudrière. Avec la main gauche, elle agrippa un manche de bois qui était rattaché à une large plaque de pierre à feu, plus grande que sa main, et avec un mouvement vif du tisonnier sur celle-ci, un feu d'artifice d'étincelles embrasa instantanément l'huile de fleurs poudrière.

Assise par terre sur une grande peau de gibier à long poil blanc, non loin de la chaleur du feu, elle s'étira pour reprendre le parchemin qu'elle avait déposé plus tôt. Le feu commençait à l'enrober de sa chaleur, apaisant son âme par le fait même. Elle regardait les flammes danser, se laissant absorber par le mouvement de couleur et bercer par le crépitement du bois. Plus elle fixait le feu, plus les flammes paraissaient s'intensifier. On aurait dit que les flammes suivaient un rythme envoûtant et que le bois qui craquait sous la chaleur chantait une mélodie. Tamira croyait commencer à déceler une silhouette qui y prenait forme. À travers le feu, parmi les flammes, le corps d'une femme aux courbes sensuelles s'y dessinait subtilement. Elle avait l'impression d'y entrevoir sa propre mère danser parmi les flammes.

Tamira se laissa ensorceler quelques longues minutes par cette vision de sa mère. Tout à coup, elle entendit craquer. Sous la pression de sa main, elle sentit au même instant quelque chose se casser. Dirigeant son regard sur le sceau de cire, elle constata qu'elle venait de le briser. Hésitante, mais résignée, elle finit par détacher le cachet puis déroula lentement le parchemin. Son cœur battait de plus en plus vite.

Au fur et à mesure qu'elle déroulait le parchemin, son visage revêtait une expression de stupéfaction, et plus elle se mit à le dérouler rapidement, plus le parchemin lui semblait interminable. Elle continua à dérouler le document sans y voir le moindre mot, la moindre marque, ni le moindre signe. Lui avait-on fait une plaisanterie des plus désagréables? Tamira se sentit vexée et elle sentit la frustration la submerger, tel un écho de douleur sur tout son corps vibrant dans le temps.

Une bûche glissa soudainement au creux de la braise, projetant sous le choc des tisons dans les airs, faisant du même coup un petit nuage de fumée, suivi d'une symphonie de crépitement. Tamira s'assura que les étincelles rebelles n'avaient pas décidé de galoper hors de leur enclos. Lorsque subitement, un ultime craquement de l'une des bûches ardentes se mit à crier sous la chaleur, avant de se fendre en deux, d'où jaillit une énorme boule de feu prenant, à nouveau, Tamira par surprise. Basculant en arrière afin d'esquiver au dernier moment le projectile, la boule de feu fit le tour de la pièce dans les airs avant de retourner alimenter le feu qui l'avait vu naître. Sous une nouvelle combustion de braise soudaine, émergea une lueur pratiquement aveuglante qui scintilla sur place. Cela prit quelques secondes avant que la vue de Tamira ne s'ajuste, juste à temps pour voir se former des flammes, une représentation du visage de sa mère. Sous le choc de cette apparition, Tamira recula légèrement, incertaine de la réaction qu'elle devait adopter.

Le visage resta sur place, scintillant dans les flammes. Tamira se rapprocha doucement et plus elle se rapprochait, plus elle semblait entendre une voix qu'elle reconnaissait. Elle aurait pu mettre sa main dans le feu tellement elle était persuadée qu'elle entendait sa mère lui parler. "Pourquoi autant de crainte et de tourment, ma chère Tam Tam?"

Tamira ne savait quoi répondre. Les yeux écarquillés de stupéfaction, elle fixait l'apparition de sa mère dans le feu. Plus le visage parlait, plus Tamira entendait clairement les paroles.

"Qu'est-ce qui t'arrive, ma fille, aurais-tu perdu ta langue?" lui demanda Shina.

"Non." Tamira hésita sommairement avant d'ajouter. "Mère."

Shina reprit d'un ton toujours aussi doux, néanmoins, elle resta ferme. "Ressaisis-toi, ma fille. On n'a pas beaucoup de temps avant que tu te réveilles."

"Avant de me réveiller?" répéta Tamira, suite à cette dernière parole de sa mère, qui, de toute évidence, la prenait, encore une fois, par surprise.

"Oui, ma chère! J'ai fait appel à un envoûteur pour envoûter la dernière lettre que je t'ai adressée. Elle contenait une parcelle de mon esprit et de mon cœur que tu as libérés lorsque tu as brisé le sceau. Elle ne peut servir qu'une seule fois avant de revenir me rejoindre, et c'était cette fois-ci. Mais l'instance est de courte durée et j'ai beaucoup de choses à te révéler. Je suis sûre que toi, de ton côté, tu vas avoir beaucoup de choses à me demander également." Répondit Shina.

"Mère, pourquoi tant de secrets?" s'empresse-t-elle de demander.

"Je vais te répondre par une parabole. L'aigle aura beau avoir parcouru tous les cours d'eau en même temps que le poisson et en connaître les moindres recoins de son étendue, du haut des cieux, il n'arrivera jamais à en connaître la subtilité des rivières souterraines, car il n'aura jamais voyagé au cœur de ceux-ci comme le poisson. Ton voyage ne fait que commencer. Le cours d'eau de ta vie t'appartient et il va te proposer une foison de chemins. Des courants seront chauds et d'autres froids. Néanmoins, seul toi pourras déterminer la direction que prendra ton aventure. À toi seul revient d'être le poisson qui vivra jusqu'au fond des courants ou qui remontera pour se dorer au soleil. Cependant, plus on s'expose au soleil, plus on risque les attaques de l'aigle. Il est parfois préférable de voyager par la rivière souterraine, quitte à remonter et à ressortir plus loin. Ne te fie pas à ceux qui prétendent voir ton chemin, car ils sont comme l'aigle, la tête dans les nuages, possédant uniquement une perspective de la surface, peu importe la distance qu'il croit voir, il n'aura jamais le même angle de vue que toi." Shina prit une pause laissant, à Tamira, le temps d'analyser et d'assimiler ses dernières paroles.

Puis elle reprit. "Si tu as reçu mon message, cela veut dire que tu as également reçu le sceau du cœur et visité la voûte."

"Oui, mère, et vos armures tombent juste à point pour le voyage qui m'appelle." Tamira finit en abaissant les yeux, repensant à son frère disparu.

Sa mère lisant dans son cœur et elle lui dit : "Je sais, mon enfant, et je t'accompagnerai toujours dans ta pierre du cœur. Tu n'as pas oublié cette légende du cœur de pierre?"

"Non, maman, comment pourrais-je l'oublier?"

Shina sourit et demanda. "Je voudrais que tu me dises, dans tes mots, ce qu'elle voulait dire."

Tamira fit un soupir ne comprenant pas pourquoi sa mère lui demandait cela alors que leur temps était compté, mais elle s'exécuta tout de même. "Tu nous disais toujours que le cœur n'était pas un muscle, mais une pierre au reflet de notre vie. Qu'on pouvait le laisser devenir noir comme le charbon ou le façonner tel un diamant! Que chaque personne qu'on aime de tout notre cœur nous aidait à façonner, à sa façon, chaque facette de cette pierre précieuse! Puis lorsque l'on perdait une personne qui nous était chère, on conservait toujours un reflet de son âme sur la facette de notre cœur qu'elle nous aura aidés à tailler."

"Tu me vois comblée de voir que tu n'as pas oublié mes enseignements. Je dois te quitter maintenant, le temps nous manque, j'aurais tellement voulu continuer. N'oublie pas, plusieurs secrets t'attendent au travers de ce monde et de l'univers lui-même. La voûte n'en est que le début." Le visage de sa mère se mit à vaciller et à disparaître lentement.

Tamira la supplia, s'étirant le bras au risque de se brûler la main dans le feu. Et son esprit lui murmura : Et si ce n'était pas qu'un rêve. Et Tamira dit. "Mère, ne partez pas! Je veux vous parler… J'ai besoin de vous, restez… Mère… Mère…"

Le visage de Shina avait fini par se dissiper, toutefois, Tamira parvint à entendre une dernière parole provenant de sa mère avant qu'elle ne s'évanouisse tel un murmure dans le vent. "Ne t'en fais pas, mon enfant, fais confiance à la vie. Sache que je vais toujours t'aimer. Si jamais tu me cherches, tu n'auras qu'à fermer les yeux à la recherche de cette facette de ton cœur, là où mon reflet t'attendra pour toujours. Je t'aime…" Sur ses derniers mots, Tamira se redressa brusquement pour se précipiter vers le foyer, où le visage de sa mère s'était manifesté, lorsqu'elle sentit une main délicate qui l'arrêta dans son élan en se posant sur son épaule. En se retournant, elle ouvrit les yeux et à moitié désorientée, elle réalisa qu'elle était demeurée couchée sur la peau devant le feu. Noxys, à ses côtés, la réveillait, d'une pâte sur l'épaule, en la secouant délicatement. Sa mère n'y était plus.

"Tamira, les cloches du souper ont retenti. Tu viens manger, ma chère?" Demanda Noxys.

Tamira, l'air déçue d'avoir été réveillée, entendait désormais l'appel du soir qui les invitait tous à se réunir, afin d'apprécier le festin quotidien. Elle lui fit un signe de la tête en guise d'approbation. Elle se releva lentement, prenant appui sur l'un de ses avant-bras, Tamira prit le parchemin, qui gisait sur la fourrure, non loin d'elle, suivit d'un soupir et d'un geste amer. Elle l'inséra délicatement dans l'une des petites bourses accrochées à sa ceinture puis se releva sur ses jambes.

Toutes deux, en silence, prirent le chemin de la salle à manger. Noxys était excitée à l'idée de revêtir l'une des armures, une en particulier avait plus que retenu son attention. Tamira, quant à elle, était sans mots. Elle fit une succession de pas l'un après l'autre, guidée par l'habitude de ce trajet qu'elle a emprunté des milliers de fois. Une personne qui l'observerait aurait cru la voir en pleine réflexion. Toutefois, Noxys savait très bien que sa chère partenaire était simplement perdue dans des pensées, sans questions ni réponses. On aurait eu beau le lui demander, quelle aurait été sa pensée, que Tamira n'aurait pas su quoi répondre. Elle était simplement dans un moment d'écho de vide total. Seul le souvenir du bruit sourd de crépitement, du bois craquant sous la chaleur du feu, semblait bourdonner dans ses oreilles. Mais même cela semblait hors de portée et loin dans son monde soudainement transvasé de toutes notions du temps et de l'espace. Tamira s'était réfugiée pour une seconde fois dans son palais insonorisé, emmurée dans un songe profond.

Chapitre 6

L'Ingrédient Manquant

Noxys s'arrêta abruptement et pensa avec une élocution qui étira les mots en longueur. "Tamira... Reviens-nous... Nous sommes arrivées..."

Le bruit de la clenche de la porte sortit Tamira de son néant. Elle dit à moitié perdue. "Arrivées? Arrivées où?"

Noxys, qui regardait déjà Tamira, prit un regard profond, retroussant un sourcil.

Les portes s'ouvrirent de la salle aux mille délices.

"À la salle à manger, Tamira." Répondit Noxys ne sachant pas trop quoi répondre de plus.

"Ah oui, le souper." Répondit Tamira, toujours visiblement désorientée. Un bruit de grognement se manifesta tout en douceur de son estomac. Tamira jeta un regard à son ventre puis à Noxys, tout en plaquant une main sur son ventre, un sourcil se retroussa puis le deuxième suivit, d'un ton surpris, elle répliqua. "De toute évidence, je n'étais pas à l'écoute de ma panse."

Noxys lui fit une petite grimace en répondant. "Tu es finalement de retour parmi les vivants. Je te rappelle qu'il est toujours recommandé de continuer à manger tant qu'on respire." En exhibant son corps, Noxys reprit sarcastiquement. "Ce sublime corps avec ses écailles ne vit pas de magie, faut bien se goinfrer avant notre décollage, à moins que tu me proposes de me charrier?"

Tamira la regarda déconcertée avec un sourire amusé et lui renvoya la grimace.

Le repas paraissait anormalement intime. Ducan et Séréna étant les seuls à prendre place dans la salle.

"Où sont les autres?" Demanda Tamira en tirant sur la chaise afin d'y prendre place à son tour.

"Dans la salle d'à côté. Nous avons demandé à manger en famille, et Avalon devrait nous rejoindre de facto avec quelques documents." Répondit Ducan entre deux bouchées bien calées.

"Hum… OK." Répondit Tamira. "Assez inhabituel. Tu ne trouves pas?" Renvoya-t-elle à Noxys.

"Je crois que c'est normal considérant qu'on part demain à l'aube." Répondit sa dragonne sans dire un mot.

En regardant Tamira, Noxys n'avait toujours pas pris place, se mit à caresser son poitrail d'écailles et demanda d'une voix excitée. "Je suis drôlement affamée aujourd'hui. Je te prépare une assiette?"

Tamira lui fit signe que oui, tout en regardant son père sans dire ni faire un son, comme si elle attendait la suite d'une histoire qui ne venait pas.

Noxys prit la direction de la table de service, qui était dressée de différents mets, plus savoureux les uns que les autres. Elle prit donc deux plats. L'un étant très grand, afin de satisfaire une faim de dragonne, et un autre relativement plus petit qui aurait très bien pu passer pour un sous-verre entre ses pattes, afin de combler l'appétit d'une jeune Drumainne. N'entendant aucune conversation, elle jeta un petit regard rapide et discret en direction de la table, pour s'apercevoir que Tamira languissait, de toute évidence, d'en savoir plus sur la raison de ce petit repas chaleureux. Quant à Ducan et Séréna, toutes les deux mangeaient gaiement comme si de rien n'était.

"Patience Tamira, ils attendent vraisemblablement Avalon." Lui lança Noxys.

"Sûrement." Répondit-elle.

Noxys se retourna et prit plus d'attention à ce qui était disposé sur le comptoir de service. "Voyons ce que nous avons ici?" Pensa-t-elle. "Des ribs… humm… t'en veux-tu?"

"Je vais prendre un peu de tout." Lui répondit Tamira, avec une légère tonalité désintéressée.

"Tu es sûr? Il ne manque rien, ils ont vraiment mis le paquet, on a le choix pour une armée. Des steaks, des patates bleues, salade aux crevettes volantes…" Noxys se mit à lui énumérer plus d'une dizaine de mets tout en se servant dans les assiettes, pour finir sur cette pensée : "Ils ont même du poulet farci au chocolat beige et aux bleuets des champs. Humm…" Noxys sentit ses papilles se mettre à trembler d'excitation à la vue du poulet doré, cuit juste à point, la salive lui profanait les gencives tellement elle était abondante. La langue qui se glissa involontairement tout le long de sa bouche laissant une traînée de salive de désir sur celle-ci. C'était un mets qui était fait que dans de très rares occasions.

Au même moment, Tamira lâcha son père du regard et porta toute son attention sur Noxys avec de gros yeux exorbités de joie, de surprise et lui cria de sa place. "Finalement, je vais prendre juste du poulet farci."

Noxys avait déjà entrepris de remettre ce qu'elle avait auparavant ramassé en place. Avec un gros sourire, elle répondit. "J'en étais persuadée."

Tamira ne pensait plus qu'à son ventre qui s'était mis à s'exprimer de plus belle.

"Je vais même en prendre une double ration!" Reprit-elle, salivant à son tour, encore plus impatiente de commencer à déguster.

"Aucun problème." Répondit Noxys, puis elle reprit d'un ton très faible comme si elle se parlait à elle-même. "Je suis en train de faire pareil. Rien ne dit que je ne reviendrais pas pour toi, toi et toi, et bien sûr que toi aussi, tu vas y passer." Finit-elle comme si elle parlait désormais aux poitrines farcies qu'elle n'avait pas encore prises. Du regard, elle les embrochait déjà, les unes après les autres avec sa fourchette pour les placer dans son assiette au prochain passage.

"N'oublie pas l'ingrédient qui les accompagne. Double, sinon triple même." S'empressa de lui exprimer Tamira, qui devenait de plus en plus impatiente.

"Ne t'en fais pas, je n'oublierai pas. Comme si je pouvais oublier le clou de la recette. C'est écrit dans le ciel." Répondit Noxys. "Ça va être cochon ce soir. Humm..." En plongeant la cuillère de façon répétitive, elle se mit à décrire l'ingrédient si important. "Humm... De la bonne crème sure et du bon fromage cottage. Deux bonnes... Non, trois bonnes cuillères pour Madame et un... Deux... Trois... Quatre... Cinq... Je ne sais pas si je vais en laisser." Tout en ricanant, elle continua à plonger dans la crème. "Bon quinze cuillères, ça devrait suffire... Pour l'instant du moins. Maintenant les bonnes fraises des frères des champs." Elle s'apprêtait à prendre quelques cuillères de bonnes fraises bien grosses et juteuses à souhait. Elles étaient de différentes couleurs, partant du rouge, du blanc, du jaune et d'autres mauves puis elle prit une pause... D'un geste décisif, elle se contenta tout simplement d'entasser quelques crêtes de fraises les unes sur les autres puis de déposer les deux assiettes dans le cabaret et dit à haute voix. "Je vais juste prendre tout le cabaret, ça va être plus simple."

Séréna se mit à rire en disant. "Je te reconnais bien là. Tu ne peux pas t'en empêcher."

Noxys la regarda à son tour et répondit. "Comment pourrait-on faire autrement? C'est tellement cochon! Ces belles grosses poitrines fermes, toutes parfaitement ficelées, comme un bon rôti, quand on l'ouvre et qu'on sent l'odeur de ce chocolat fruité qui se déverse du cœur de la viande. À la simple idée de cette image, j'ai déjà un tsunami de salive déferlant dans ma bouche. Un tremblement de terre se produit dans mon estomac. Son grondement ferait frémir les volcans de jalousie."

Suite à cette description très imagée, tous les trois s'étaient mis à rire de bon cœur. Seule Noxys ne riait pas, elle dévorait du regard les poitrines qui fumaient encore... Tout en revenant à la table, on pouvait la voir humer l'odeur à plein poumon et l'entendre s'exprimer avec une telle passion, un tel engouement que même un végétarien en serait tenté, peut-être même converti. "Sentez-moi cela, n'est-ce pas divin?"

Pendant ce temps, Avalon dans le musée des reliques.

Avalon descendit le long de très longue rangée qui semblait interminable, comptant des milliers de livres de chaque côté. Ces transcrits furent rapportés suite aux innombrables périples effectués à travers le monde par la famille, ainsi qu'avec le passage de tous les voyageurs qui prenaient refuge dans le domaine. Tel était le prix chargé, par le patrimoine familial, pour un séjour d'hospitalité. Dans de rares occasions, les voyageurs n'ayant pas de parchemin, de manuscrit ou de livre offraient des reliques ou un objet particulier provenant de leurs régions natales. Depuis le début de la construction, la famille du Firmament considérait la valeur d'un écrit comme ayant plus de valeur que toutes les autres formes monétaires. Les années passèrent et le musée dut recevoir plus de quatre agrandissements au fil du temps. Un jour, un groupe de moines passa et laissa un crâne de verre de dragon fait de cristal dont nul ne connut jamais la provenance. Il était à peine plus grand qu'une main de Drumain. L'objet comportait une caractéristique encore plus étrange : au centre du crâne, un liquide similaire à celui qu'on pouvait retrouver sur l'épée de Shina. Ce liquide, sans aucune raison apparente, était en constant mouvement. Le crâne fut disposé, comme bon nombre d'autres reliques, sur l'un des piliers d'exposition tout le long de la salle. Les moines laissèrent comme seule explication que l'objet était de très grande importance et qu'un jour, une guerrière pourrait en dévoiler les secrets. Sans donner plus d'explications, les voyageurs repartirent le lendemain et plus personne ne les revit, et l'on n'en entendit plus jamais parler.

Cependant, l'objet qu'Avalon avait le devoir d'aller chercher n'était pas ce crâne, ni un écrit, ni un objet magique ou mystérieux provenant d'un voyageur. Avalon dépassa donc le crâne de dragon pour s'arrêter juste après celui-ci. Un autre pilier muni d'une autre cloche de verre l'attendait. Sur une petite plaque de cuivre, on pouvait y lire la description : "Cube puzzle Mystère à Shina". Avalon retira la cloche et prit le cube de cristal à reflet cuivré. Un labyrinthe de lignes encastrées faisait le tour de l'objet sur toutes ses faces.

Avalon sortit un foulard en soie, puis ramassa le cube qu'il déposa soigneusement dans le tissu pour l'emballer. Il le glissa dans le sac de feutre qu'il avait autour du cou et remit la cloche de verre en place. En se retournant en direction de la sortie, d'une patte, il prit le bout de sa longue barbiche et se mit à la rouler délicatement entre ses doigts, suivi d'un long soupir, et dit. "Bon, allons manger." Sur ces paroles, Avalon partit pour la salle des mille délices.

.....

Avalon, les narines retroussées, humant l'air ambiant tout en traversant l'entrée, répondit à la question que Noxys venait de poser. "Oh, que oui, c'est définitivement divin. Je pourrais me prélasser toute la journée dans les vapeurs parfumées de ce mets.

J'ai toujours eu un penchant pour les grosses poitrines, cependant lorsqu'elles sont attachées et fourrées… Elles ont un petit quelque chose de plus sensuel."

Tous jetèrent un regard pour voir le nouveau venu qui continua en demandant. "Je présume que tu m'as gardé une bonne ration de ces formidables poitrines de poulet au chocolat?"

Avalon, en s'approchant, un gros sourire aux lèvres, la langue qui dansait d'un côté à l'autre de sa gueule lui conférait un aspect cinglé, prêt à tout dévorer. En ramassant de sa patte droite un cabaret, il jeta un regard à Ducan tout en tapotant de sa patte gauche la petite bourse de velours qui pendait à son cou. Ducan lui répondit d'un hochement de tête légèrement perceptible.

Tamira remarqua le geste d'Avalon et regarda son père lui répondre, puis demanda. "Qu'est-ce que c'est encore? Un autre secret?"

Ducan lui répondit. "Non, Tamira. Simplement l'ingrédient manquant avant ton voyage. On en reparlera après avoir mangé."

Tamira qui, de toute évidence, était très curieuse, n'eut cependant que très peu de difficulté à mettre sa curiosité de côté en regardant son assiette généreusement garnie qui ne cessait d'appeler à la dégustation.

Chapitre 7

Le Livre de Papa.

La nuit n'était pas encore à son apogée, mais elle s'annonçait éminente avec ce ciel rempli de lueurs boréales turquoise et violacées.

Assise sur l'un des bancs sculptés dans d'énormes pierres volcaniques qui entouraient le puits de feu, Shina attendait, languissante, l'élu de son cœur qui était en retard comme toujours. Que pouvait-il encore faire ce petit farceur? se demandait-elle, les yeux rivés sur la cuillère sautillante qu'il lui avait fabriquée quelques mois auparavant.

Un petit sourire apparut sur son visage. Ses yeux pétillaient. Jamais elle n'aurait cru un jour se retrouver autour d'un feu à attendre Ducan. Elle ne pouvait que tomber sous le charme de cette petite merveille et encore davantage pour l'artisan lui-même. Shina se laissait tranquillement bercer par ses souvenirs, se remémorant chaque épisode au cours duquel Ducan lui avait joué un tour. Malgré qu'elle le trouvait parfois extrêmement agaçant et enfantin, voire même complètement insupportable jusqu'à récemment. Aujourd'hui, les yeux rivés sur tout le travail, les détails et le mécanisme extrêmement soignés que représentait cette petite cuillère, Shina l'examinait pour la dixième fois sous tous ses angles, appréciant davantage le travail à chaque fois qu'elle faisait le tour de l'objet. C'est à ce moment-là qu'elle remarqua pour la première fois une petite encoche, sortie de nulle part. D'une voix douce, elle chuchota : "Qu'est-ce que c'est? Je n'avais pas remarqué cette petite encoche." Cela ne pouvait pas être un défaut, l'objet avait été fait avec trop d'attention et de minutie.

Shina se mit à gratter la petite entaille, et contre toute attente, un morceau de bois tomba de la cuillère. "Oh non!" s'échappa-t-elle. Son cœur fit un bond dans sa poitrine, battant à vive allure.

Au même moment, elle entendit une voix enjouée derrière elle déclarer : "Décidément, la vue de cette nuit ne cesse de me surprendre et de s'améliorer."

Surprise, Shina se redressa, fit volte-face. Ses yeux s'écarquillèrent, et elle se mit à répéter à trois reprises : "Je suis désolée. Je suis désolée. Tellement désolée!"

Ducan, l'air amusé, inclina légèrement la tête d'un côté et tourna entre ses doigts sa longue tresse de barbichette. D'une voix taquine, il demanda : "Pourquoi t'excuses-tu, ma petite perle? J'avais une vue magnifique du ciel époustouflant, de ce feu réconfortant d'où émane une chaleur apaisante et de..."Ducan prit une pause et reprit. "Des excuses de cette créature de mes rêves qui m'attendait malgré mon retard gênant! Ce serait à moi de m'excuser." Sur ses mots, Ducan s'agenouilla, prenant Shina au dépourvu, et la faisant rougir. Il aurait probablement remarqué cela s'ils n'avaient pas été plongés dans la nuit et de plus, dos aux flammes.

Contournant le banc de pierre, Shina se précipita vers Ducan en tentant de lui expliquer pourquoi elle se sentait obligée de s'excuser. Cependant, les mots ne trouvèrent pas le chemin de ses lèvres. Elle se contenta de présenter la cuillère d'une main et l'autre morceau de bois de l'autre. Elle était désormais assez près pour que Ducan puisse voir son air désemparé.

Shina trouva finalement la force de dire : "Désolée, Ducan, je crois que je l'ai brisée."

111

Ducan sourit et prit le morceau de bois de la main de Shina, le levant de manière à ce que les flammes l'éclairent. Le petit fragment révéla pour la première fois des mots, et Ducan dit : "Ne t'en fais pas, ma petite perle. Tu n'as rien brisé... C'était une pièce secrète renfermant un message, et tu l'as justement trouvée au bon moment." Il rendit le fragment à Shina et lui dit tendrement : "Lis-le."

Sur ces mots, Ducan sortit la main qu'il avait gardée dissimulée dans son dos et exhiba un cube de cristal aux reflets cuivrés, scintillant de mille feux à la lueur des flammes.

"Voici la raison de mon retard. Je mettais la dernière touche de finition à ce puzzle que j'ai fait pour toi."

L'expression désolée de Shina avait soudainement laissé place à l'émerveillement. Ses yeux brillaient intensément, et elle balbutia : "Ce n'est pas une autre de tes merveilleuses farces et attrapes, n'est-ce pas?" D'un geste délicat, elle déposa la cuillère ainsi que la pièce secrète et prit la boîte, puis dans un échange chaleureux, elle offrit un tendre baiser à son amour. D'une voix douce, chaleureuse et réconfortante comme aucune autre, elle murmura : "Merci, mon bien-aimé."

Sur cette dernière parole, elle pivota lentement sur elle-même, prenant la main de Ducan et l'entraînant vers l'un des bancs près du feu. Il la suivit sans dire un mot, l'observant en secret.

Shina s'assit en silence puis tapota légèrement le banc pour inviter Ducan à s'asseoir, tout en gardant les yeux fixés sur le casse-tête. Appuyant sur un coin, une plaque se déplaça légèrement, puis une autre.

Ducan était fasciné par la vitesse à laquelle Shina semblait résoudre l'énigme de ce petit cadeau qu'il avait confectionné pendant les derniers mois dès qu'il avait eu un moment de libre.

Ducan mettait du bois dans le feu lorsqu'un déclic se fit entendre. Il s'empressa de faire volte-face afin de ne pas manquer une seule seconde de la réaction de sa bien-aimée. Le mystère était révélé, la boîte s'était ouverte, cependant, au grand désarroi de Ducan, Shina regardait à l'intérieur avec une expression de marbre... Ducan ne savait pas quoi en penser. Aimait-elle le présent? Ducan commençait à angoisser. Les secondes lui semblaient des heures. Il s'apprêtait à rompre le silence lorsque soudainement le visage de Shina s'illumina de mille feux, des larmes se mirent à gambader le long de ses joues.

C'était maintenant au tour de Ducan d'être pris au dépourvu lorsque soudain Shina le regarda et lui dit tendrement : "Oui, moi aussi, je le désire. Je veux sauter dans l'avenir avec toi et passer le reste de ma vie à partager mes repas avec toi autour de la même table."

Ducan ne dit pas un mot. Sous ce silence inhabituel, Shina fronça légèrement les sourcils puis demanda : "Est-ce que ça va?"

Un sourire se dessina doucement sur le visage de Ducan à mesure que son rêve prenait subtilement forme dans la réalité. Pour être certain de ne pas se méprendre, il demanda : "Est-ce un oui, ou est-ce que tu réponds simplement au message de la cuillère?"

Shina s'exclama, ne laissant place à aucun doute en criant : "Oui, oui! Bien sûr que j'accepte!" Shina dissipa tout risque de confusion en se précipitant dans les bras de Ducan, qui l'enlaça.

Sous leur étreinte, Shina laissa échapper le cube qui tomba dans le feu. Affolée, elle poussa un cri et s'écarta rapidement de Ducan pour se précipiter vers la chaudière d'eau près du feu afin d'éteindre les flammes.

Cette nuit-là, une fois de plus, Ducan se retrouva perplexe face à la réaction de sa douce bien-aimée et demanda : "Que se passe-t-il?"

Shina, paniquée, prit la chaudière et aspergea le feu en criant : "La bague est tombée... Elle est tombée dans le feu... il faut vite la récupérer, il faut la sauver." s

Ducan se retourna juste à temps pour empêcher Shina d'empoigner le cube, encore brûlant, des flammes. À cet instant, il remarqua un phénomène inexplicable qui venait de se produire sous leurs yeux. La bague était très certainement perdue à tout jamais, cependant le métal avait mystérieusement fusionné avec l'eau que Shina avait lancée, une petite quantité ayant tombée dans le cube.

....

"Que fais-tu, Tamira, seule sur la colline cette nuit?" demanda Noxys, interrompant la lecture de Tamira.

Tamira releva le nez des feuilles sur lesquelles elle semblait si absorbée pour lui répondre. Elle était excitée comme une enfant qui vient de trouver un trésor. "Papa m'a donné les feuilles qui manquaient au début d'un des livres qui se trouvait dans la voûte secrète de la forge, et je crois avoir compris pourquoi jusqu'à maintenant, je n'ai jamais réussi."

Noxys n'était pas certaine de tout comprendre et se contenta de hocher de la tête pendant que Tamira continuait ses explications.

"Vois-tu, il me manquait deux éléments depuis le tout début pour y arriver." Tamira exhibait les feuilles qu'elle tenait dans la main droite, puis rajouta. "Mon père avait gardé ces parchemins dans un rouleau de cuir qu'il conservait toujours avec lui. Ce sont les pages manquantes d'un des livres dans la voûte cachée de la forge. Elles contiennent les détails de la nuit où papa a demandé maman en mariage. Le plus bizarre est qu'il me les a données seulement aujourd'hui."

Noxys ne comprenait plus du tout où Tamira voulait en venir. "Qu'est-ce qui peut bien être bizarre avec tout ça?" se demanda-t-elle.

Tamira prit une pause avant de poursuivre et de répondre à l'interrogation de Noxys. "C'était, une nuit, semblable à celle-ci… Semblerait-il, selon père. Maman a tout inscrit et, en plus, on tombe sur le même jour de l'année… Tous les détails de leurs découvertes, durant cette fameuse nuit, sont dans le livre de papa."

"Tamira… Mais quelle fameuse nuit?"

"La nuit où mon père a donné le pendentif à maman pour la demander en mariage. Tu ne suis pas, Noxys?" Sans attendre de réponses, Tamira poursuivit. "Et le pendentif était en réalité une bague. Elle a vraiment écrit tous les détails de ce moment magique au début du livre, et mon père avait rajouté la recette, ainsi que la démarche à suivre pour leurs découvertes à la suite du récit. Père, m'a raconté qu'il avait retiré les premières pages au décès de maman par nostalgie pour les relire lorsqu'il se sentait seul, avant de cacher le livre avec la recette dans la forge et pour conserver les détails de cette nuit près de lui. Le second élément est le cube puzzle qui n'est pas fait à partir de n'importe quelle sorte de cristal…"

Tamira ramassa le cube pour le brandir avant de continuer ses explications. "Selon mon père, il serait arrivé à la conclusion que le cadeau qu'ils auraient sculpté ne serait rien de moins qu'un tout petit fragment de la bouteille contenant l'essence de la vie des dieux. D'après ses observations qui se sont déroulées les jours suivants cette fameuse nuit. L'eau et le métal chauds se sont mélangés dans ce cube, et grâce au cube, le métal se transforme en minéraux vivants et hors du commun. Il s'avère qu'ils ont utilisé ce métal pour forger leurs armures." Tamira prit une pause, l'air songeur, puis reprit. "Moi qui n'avais rien compris. Je n'ai pas cessé de mélanger n'importe quelles sortes de cristal dans du métal fondu avec de l'eau quand c'était le métal que je devais mélanger dans un cristal spécial et divin avec de l'eau.

"Es-tu en train de me dire que l'essence de la vie ne serait pas une légende ou un mythe et que Ducan avait un morceau de cet artefact et qu'il n'a rien trouvé de mieux que de sculpter un cadeau pour ta mère dans un fragment de la bouteille divine?" s'interrogea Noxys.

"Oui. Cependant, il ne le savait pas au début. Aujourd'hui, mon père m'a donné les pièces manquantes pour pouvoir ajuster les armures pour notre voyage." Sans trop en rajouter, Tamira se leva subitement et dit. "Donc, sur ça, je dois aller me coucher si je veux me lever aux aurores pour ajuster les armures à temps pour notre périple."

"Oui, mais me permettrais-tu de t'emprunter ses feuilles?" demanda Noxys qui, de toute évidence, semblait curieuse de lire pour elle-même ce que les feuilles recelaient.

Tamira remit les feuilles de parchemin entre les pattes de sa dragonne puis d'un air très sérieux, elle lui dit d'un ton sévère. "Ne te couche pas trop tard, n'oublie pas que c'est toi qui vas devoir nous transporter."

Noxys, en guise de réponse, lui fit la grimace.

Comme si ce n'était pas suffisant, Tamira en rajouta une couche en répliquant : "Tandis que moi, je peux toujours dormir sur ton dos en chemin, et toi, tu devras garder les yeux ouverts." Avec un gros sourire des plus détestables, Tamira rajouta un faux bâillement à la scène en s'étirant de tout son long, pour finir avec la pensée : "Car une longue route se dessine devant nous. Une très… TRÈS longue route." Jetant un coup d'œil subtil par-dessus son épaule pour voir la réaction de Noxys.

"Profiteuse," se dit Noxys.

Passant la main dans ses cheveux d'un geste vif afin de dégager son épaule de sa longue chevelure, elle prit soin d'exécuter le mouvement de la façon la plus snobe et diva possible avant de répondre : "Non, non, Noxys. Je suis juste privilégiée." Suivi par un petit ricanement, Tamira se mit à taper sur sa hanche d'une main qui donna le tempo, juste avant de se mettre à siffler entre ses lèvres. Résignée, elle partit dans la direction de leurs quartiers afin d'aller se coucher.

Alors que Tamira quittait la scène dans la noirceur de la nuit pour disparaître au loin, Noxys s'installa confortablement à la même place qu'elle. Le sol était encore chaud là où Tamira s'était vautrée durant ses dernières heures, et elle se prépara à lire. Avec un grand soupir, intriguée par le mystère que pouvaient renfermer ces pages précieuses de leurs histoires, Noxys prit une profonde inspiration et s'accorda un moment de pause avant de commencer sa lecture. Elle sentait l'excitation monter face aux aventures et à l'inconnu qui les attendaient. La dragonne expira, le regard fixé au loin pour admirer, à son tour, le ciel empli de boréales turquoise et violacées. Elle chercha à s'imprégner de l'ambiance tout en conservant une image claire en mémoire de cette dernière nuit passée au domaine familial. Elle savait que ce serait probablement sa dernière chance avant longtemps.

Après quelques longues minutes, Noxys prit sur elle le devoir de commencer la lecture. Le premier paragraphe décrivait l'ambiance de la nuit magique avec la demande en mariage. Noxys releva un sourcil et reporta son regard sur le ciel pour confirmer qu'il ressemblait étrangement à la description du récit. Un spectacle qui n'apparaissait que très rarement au cours d'une décennie.

Elle pouvait pratiquement sentir la romance du moment dans l'air ambiant. Une romance qui avait perduré et traversé le temps.

Un frisson lui parcourut toute l'échine juste avant de plonger définitivement toute son attention dans le récit.

Au fur et à mesure que Noxys parcourait le texte, elle réalisait juste à quel point Duncan avait non seulement aimé sa tendre épouse, mais en était éperdument amoureux, et cela, bien avant de lui avoir déclaré ses sentiments. Tous ses coups pendables n'étaient rien d'autre qu'une tentative désespérée pour attirer son attention, et il fit cela durant des années. Les heures interminables combinées au dévouement qu'il consacrait à préparer et fabriquer ses tours ne pouvaient qu'affirmer et confirmer cette évidence. Une liste détaillée de tous les tours que Shina avait subis semblait sans fin.

Chapitre 8

La Dernière Nuit

Tamira, s'était mise au lit en arrivant dans sa chambre et, en contrepartie, elle ne semblait pas trouver la position idéale pour trouver le sommeil. Elle avait beau être sur le dos à compter les craques dans le bois du plafond, c'était pure futilité... Les yeux grands ouverts, ayant en bruit de fond les pensées de Noxys qui bondissaient dans sa tête au fur et à mesure qu'elle lisait les pages. Rien à faire, l'excitation ainsi que le stress de l'inconnu et de l'aventure, des deux partenaires de vie, s'amplifiaient avec l'écoulement du temps.

Tamira s'assit dans son lit, les jambes croisées, puis regarda le désordre dans lequel ses couvertures étaient rendues, tout en cherchant à mettre en sourdine ce qui se bousculait dans sa tête. Mais, malgré ses efforts, son cerveau ne voulait tout simplement pas faire silence et laisser place au repos de son corps. L'obscurité de la nuit n'était pas assez prédominante pour laisser place à un sommeil réparateur.

Sournoisement, son regard se dirigea vers sa sacoche, avant même de réaliser qu'elle glissait sur une nouvelle pente de distraction, aux dépens de son sommeil. Elle empoigna le sac en cuir et systématiquement, à l'aveuglette, parcourut le contenu du bout des doigts. Au premier contact, elle effleura le pendentif qui n'avait pas repris sa place sur son buste. Elle le retira de son sac puis le remit en place. Ses mains longèrent la chaîne doucement jusqu'au pendentif, ensuite elle le fit rebondir sur ses jointures comme elle en avait l'habitude, à chaque fois que son imagination cogitait sur une idée, un plan ou une intrigue.

Tamira, inconsciemment, ressentait justement ce qui risquait de se révéler comme la quête de toute une vie. Le cube de cristal sculpté par son père, dont bon nombre de chercheurs, d'archéologues, de pilleurs de tombes et même de magiciens avaient passé leur vie entière à la recherche d'un tel artefact pouvant ainsi prouver l'existence de la légende des dieux et de la provenance de la magie. Rien ne fut jamais trouvé, si ce n'est que des fragments d'écriture. Certes, il y avait quelques rares reliques magiques dont on disait qu'elles avaient reçu une surdose d'essence de vie au début de la création et qui leur auraient conféré leurs pouvoirs. On attribuait l'origine des pouvoirs magiques et la vie de toutes choses à une seule et même source, celle de l'essence de vie du début de la création.

Tamira sortit donc de sa bulle. Pleine d'admiration, elle eut un léger sourire tout en posant les yeux sur cette œuvre d'art d'une valeur inestimable... Non, pas à cause de ses pouvoirs magiques ni par émerveillement pour ce qui pourrait être l'artefact ayant la plus grande valeur connue en ce monde... Mais pour la simple appréciation du travail minutieux effectué par son père, pour sa mère. Lorsque l'on bougeait le cube dans le rayonnement d'une lumière contrastante, on pouvait y voir apparaître un écrit en tout petit qui disait : "Quand l'amour t'inspire à créer, alors la création devient toute ta vie. Shina, ma bien-aimée, je désire créer un foyer avec toi."

En lisant cette phrase, Tamira se rappela ce que son père avait l'habitude de répéter. "Quand la vie inspire la création et que la création est toute ta vie, rien ne peut t'arrêter. Créer ton avenir." Une larme jaillit. Il n'avait pas répété cette parole depuis le décès de sa mère. Aujourd'hui, elle comprenait enfin pourquoi elle semblait si douloureuse à prononcer. Il en était venu à cette philosophie de vie en tombant amoureux de sa mère. Cependant, dans son esprit, le gouffre entre les réponses et les questions se creusait d'heure en heure. À chaque explication, deux nouvelles interrogations surgissaient, si ce n'était pas plus.

À cet instant même, ses doigts qui avaient, inévitablement, trouvé refuge à nouveau au fond du sac, heurtèrent la lettre de sa mère. Elle s'empressa de la sortir sans la froisser. Au lieu de l'ouvrir, Tamira fit une pause. Sa première réflexion fut de se demander si, au moment de l'ouvrir, elle serait à nouveau entraînée dans le monde du rêve afin d'y retrouver, une dernière fois, sa chère maman. Elle se souvenait des paroles de sa mère résonnant dans son cœur. "Elle ne peut servir qu'une seule fois et c'était cette fois-ci."

Avec une délicatesse infinie, ayant l'espoir que sa mère se serait trompée ou qu'elle l'aurait mal comprise, elle ouvrit la lettre, pliée en trois, avec grande douceur. Ressentant un léger pincement au cœur, elle fut forcée d'admettre qu'elle ne reverrait pas le visage de sa mère lorsqu'elle aperçut les premiers mots en bas de la première page. Les mots se dévoilaient devant elle à chaque segment qu'elle ouvrait.

Elle avait déjà eu une seule chance de lui reparler et elle l'avait utilisée. "Si seulement j'avais su! Si seulement j'avais eu plus de temps!" se dit-elle.

Elle avait encore tellement de questions.

Sans ouvrir la lettre davantage, elle prit le temps de regarder la calligraphie, si soignée, de sa mère. Elle se mit à lire les mots qu'elle pouvait déjà voir.

"Use de ton temps, sagement en ce monde, car le temps demeure la plus grande richesse qu'une personne puisse avoir. Une fois qu'on a donné son temps, on ne peut pas le récupérer ni le reprendre. S'il est mal dépensé, il devient perdu à tout jamais. S'il est surexploité, on ne l'a pas vu passer et l'on finit, toujours, par manquer de temps auprès de ceux qui comptent le plus pour nous. La vie n'a d'importance que lorsque l'on a compris que le temps est fait que pour aimer et la chose que l'on peut donner qui vaut le plus cher à une personne est son temps. C'est comme un coffre rempli d'or qui ne se remplira jamais, mais qui se vide chaque jour comme par enchantement, comme par magie. On ignore la quantité qu'il contient au départ. On ne le sait qu'au moment où il ne nous reste plus rien pour payer le prix de la vie. Alors, donne ton trésor à ceux que tu aimes et qui le méritent."

Tamira resta quelques instants sur ces mots sans ouvrir la page, dans sa totalité, pour accéder à l'intégralité du contenu ni à la suite du message. Par le passé, le temps avec sa mère lui avait manqué et l'on venait de lui offrir une dernière chance, un dernier cadeau inattendu au cours de cette même journée. Elle avait toujours eu l'impression qu'on lui avait dérobé son temps avec sa mère, l'opportunité de grandir avec une maman, et encore aujourd'hui, elle sentait qu'on lui avait volé cette dernière chance de passer un peu de temps avec elle… Le temps semblait être devenu son ennemi et elle courait contre la montre afin d'arriver à temps pour sauver son frère, persuadée qu'il était toujours en vie quelque part, mais perdu. Le temps serait-il encore son ennemi? Va-t-il lui manquer afin de sauver son frère bien-aimé?

Sur cette dernière réflexion, Tamira décida qu'elle ne manquerait pas de temps et qu'elle n'en avait pas à perdre. Elle le battrait de vitesse. Résignée, elle remit le tout dans son sac. Se levant d'un geste décidé, afin d'aller immédiatement ajuster les armures qu'elles étaient censées utiliser. Elle ne voulait plus perdre une seule seconde et elle savait déjà laquelle elle prendrait.

Chapitre 9

La Protection Vivante

Cette nuit étoilée d'automne était déjà bien entamée et le rideau de velours noir avait tout englobé les cieux. Tous étaient pratiquement déjà vautrés dans un sommeil profond ou presque... Seuls quelques irréductibles subsistaient encore à cette heure. Ducan en faisait partie. Il longeait les allées extérieures du domaine, ne trouvant pas le repos. N'ayant pas prêté attention à l'endroit où ses vieilles savates l'avaient entraîné, il s'arrêta subitement pour constater qu'il pouvait voir de la fumée s'échapper de la cheminée de la forge et qu'il entendait des bruits de martèlements retentir de l'autre côté des deux grandes portes de bois.

Une forte voix féminine se fit entendre de l'autre côté de la porte. "NON et NON... Qu'est-ce qui ne fonctionne pas, encore et encore? ... Pourtant, cela devrait être si simple... Je devrais tout avoir maintenant." Et elle se tut, plus un seul bruit, le silence total.

Ducan décida d'entrer.

Dans un grincement aigu, la grande porte s'ouvrit, cependant cette fois Tamira aperçut l'intrus. Elle s'arrêta pour voir qui était là à cette heure si tardive. Reconnaissant la démarche d'un vieil homme ayant du mal à se déplacer en raison de l'âge ainsi qu'aux nombreuses blessures de guerre, elle comprit que c'était son père.

Tamira déposa ses outils puis demanda. "Que vous amène ici à cette heure si tardive? Ne devriez-vous pas dormir?"

"Comment trouver le sommeil la nuit avant le départ de sa dernière enfant? Nul parent ne saurait rester insensible face à un tel événement. Et vous, ma chère petite, ne seriez-vous pas supposée vous reposer avant de partir pour un très long périple?" lui répondit Ducan.

"Certainement, cependant, je n'y trouve pas le réconfort en sachant tout ce qu'il me reste à faire avant de partir", reprit Tamira en se retournant pour pomper du pied un peu plus d'air au cœur de la forge afin d'attiser la chaleur.

Ducan se trouvait, maintenant, debout juste à côté de l'armure cuivrée dressée sur un support en bois qu'il avait conçu pour sa mère il y avait déjà longtemps. N'étant pas loin de Tamira, il dit : "Tu as donc opté pour l'armure de terre! Parmi toutes celles que j'ai faites, c'est celle-ci que tu as prise."

Tamira se retourna pour faire face à son père et lui répondit : "Oui, père. Noxys semble être tombée amoureuse de celle-ci et elle ne semble pas avoir été utilisée non plus. Je vous avoue qu'elle ne me déplaît pas. Si seulement j'arrivais à reproduire le métal, je pourrais peut-être réussir à concevoir de l'espace pour y encastrer mes tablettes…" Dit-elle en apportant aux paroles un geste mettant en évidence sa poitrine, accompagnée d'un sourire ironique. "Si seulement j'avais hérité de la même taille que ma mère, cela aurait été tellement plus simple…"

Ducan eut un sourire pincé, évitant de toucher à des sujets délicats, puis répondit à son tour : "Non, effectivement, elle n'a jamais servi. Malgré qu'elle soit l'une de ses préférées, elle ne l'a jamais utilisée. Elle disait toujours qu'elle l'aimait tellement. C'est la première que nous avons forgée. Elle répétait souvent qu'elle désirait la conserver pour sa fille… Pourtant, à l'époque, tes frères étaient loin d'être en chemin et toi, tu étais encore très loin de faire partie de ce monde. J'avais beau lui dire que je n'étais pas prêt à avoir des enfants et de plus, il n'était pas certain que ce soit une fille

131

qu'on ait un jour, mais elle n'arrêtait pas de répondre qu'aussi certainement que le soleil se lève tous les jours pour éclairer nos vies et que la lune oriente nos nuits dans le noir, une fille agrémentera nos vies un jour. Une fois, encore, elle aura eu raison. Elle t'a toujours désirée, même si tu as toujours su lui donner des sueurs."

Tamira prit une bille de métal qu'elle inséra dans le cube de puzzle puis y coula de l'eau jusqu'au rebord. À l'aide d'une pince, elle l'enfouit au centre des braises de la forge. Son père la regarda sans apporter le moindre commentaire. Après quelques vérifications, Tamira finit par ressortir le cube dont le contenu s'était liquéfié en un liquide bleuté métallique. Elle le déversa sur l'enclume arrondie à l'aide d'un marteau de forge à tête ronde, puis elle se mit à battre à répétition le fer chaud. Le métal, qui refroidissait rapidement, se mit à durcir. D'un dernier coup, bien porté, le métal changea de couleur instantanément et craqua comme du verre. À la vue de ce nouvel échec, elle tassa le métal en criant : "Encore!"

Se retournant vers son père, elle balança du revers de la main les résidus dans une chaudière à cendre se situant sous le bout de l'enclume. Les résidus heurtèrent une montagne de morceaux qui débordait déjà de celle-ci. Sous l'impact, le métal devenu cristal éclata. Désemparée, elle le regarda et dit : "J'ai travaillé des mois sur ce métal sans succès, maintenant que j'ai les ingrédients qui me manquaient, je ne semble pas plus y arriver."

Ducan la regarda sympathiquement avant de lui répondre. "Montre-moi, encore, comment tu fais."

Tamira, décidée à y arriver, prit une profonde inspiration et d'un geste répétitif, remit une bille de métal suivie de l'eau, et au moment de l'enfourner dans la forge, elle fut arrêtée par le commentaire de son père.

"N'as-tu rien compris au texte de ta mère, ainsi qu'à ses subtilités?"

Tamira, curieuse, demanda : "Oui, bien sûr…" Hésitante, un moment, elle reprit : "Que voulez-vous dire?"

Ducan prit le cube pour en vider le contenu, puis le remit dans la main de Tamira et entreprit son récit du passé. "Tu as donc lu les feuilles que j'avais conservées toutes ces années. J'ai dû, moi-même, faire plusieurs tentatives afin de reproduire ce qui s'était produit la fameuse nuit où la bague de ta mère fut transformée en pierre avant qu'on en fasse le pendentif que tu portes."

Tamira, très attentive, porta son regard sur le bijou qui pendait sur son poitrail, laissant son père continuer sans l'interrompre.

"L'ingrédient principal est l'amour et la douceur. Peu importe le nombre de fois que tu vas recommencer, si tu manques de tendresse et de délicatesse, ton résultat va échouer."

Tamira ne semblait pas certaine de l'allégation de son père. Ducan l'agrippa délicatement par la main. Sous ce geste tendre, il dirigea sa main pour ramasser une nouvelle perle de métal qu'elle déposa par la suite dans le cube.

"Vu que tu vas prendre l'armure de terre, il te faudra ajouter un peu de terre à ton mélange."

Tamira regarda autour d'elle, toujours sceptique, ne voyant pas de terre, ramassa un peu de cendre en regardant son père avec la paume pleine, et demanda : "Est-ce que de la cendre apporterait le même résultat?"

Ducan sourit. "Lorsque je concevais les armures, j'utilisais tout ce qui me tombait sous la main à titre de pigmentation, et ce jour-là, j'avais utilisé tout ce que j'avais à ma disposition. Je n'avais toujours pas compris ce qui manquait pour reproduire le phénomène, lorsque ta mère était entrée dans la forge pour m'apporter des rafraîchissements, comme elle en avait pris l'habitude."

Tamira commença à se laisser submerger par le récit de son père et à visualiser la scène.

La porte de la forge s'ouvrit, laissant entrer une généreuse bouffée d'air frais. Ducan avait passé une bonne partie de l'été à travailler dans la forge. Shina entra, un pichet de céramique et deux gobelets à la main. La chaleur de l'extérieur était chaude, cependant elle restait tout de même beaucoup plus fraîche que la fournaise qu'on pouvait ressentir immédiatement en pénétrant dans l'atelier où œuvrait son prétendant.

Shina n'était qu'à quelques pas de lui lorsqu'elle s'arrêta pour s'asseoir sur l'un des tabourets, déposant du même coup les chopes sur l'établi à ses côtés. Attendant que son homme prenne une pause, elle se contenta de l'admirer en silence.

Ducan était au tout début de la force de l'âge. Habillé uniquement d'une paire de pantalons en cuir noir, avec des bretelles assorties et un tablier de cuir très épais, brun foncé, démontrant des signes d'usure prématurée, qui ne cachaient qu'à peine quelques muscles. Shina le caressait du regard, s'arrêtant au moindre muscle qui se contractait à chaque coup de marteau qui retentissait. Elle ne pouvait s'imaginer plus belle vue de son homme que celle qu'elle voyait à chaque fois qu'elle le croisait dans la forge à œuvrer dans cette chaleur torride, sous une pluie de sueur qui ruisselait suite au travail ardu de ce feu ardent, barbouillé de suie de charbon, les muscles tissés aussi serrés que la tresse de sa longue barbiche. Un vrai régal pour les yeux d'une jeune femme fringante dans la fleur de l'âge...

Ducan s'arrêta suite à un bruit de verre brisé. Le métal s'était encore une fois transformé en vitre et avait fendu sous les coups du marteau. Se détournant à la vue de ce nouvel échec, il croisa le regard de sa bien-aimée. Le marteau, encore à la main, était déposé sur l'enclume, là où son dernier coup avait été porté. Ducan prit une pause plus relax et son regard s'apaisa. Il s'essuya le front du revers de la main qui tenait encore les longues pinces, laissant au passage une nouvelle et longue traînée de suie noire d'un côté à l'autre. Avec un sourire embêté, il dit : "J'ai dû tenter de reproduire le phénomène de ton collier au moins une bonne vingtaine de fois aujourd'hui, toujours sans succès. À chaque fois, c'est la même histoire, le métal fond et au moment de le travailler, il se durcit subitement pour se transformer en verre fragile."

Shina, d'un regard sensuel, arbora une expression coquine. Elle croisa les jambes l'une par-dessus l'autre et se mit à taper sur son genou afin d'y retirer la terre qui s'y était déposée lorsqu'elle avait travaillé dans le jardin. Par ce mouvement sec, elle fit tomber le rabat de sa robe bleu ciel à la renverse, dénudant par le fait même une partie de sa cuisse. Elle empoigna la carafe d'une main ainsi que les deux chopes de l'autre main, accotant, sur son genou, l'avant-bras qui tenait les chopes, et dit en versant l'eau de fleurs dans chacun des verres : "On serait dû pour une pause. Je te laisse le choix, soit de me rafraîchir et de te rafraîchir par la suite, ou de te rafraîchir avant que je te saute dessus."

Tamira l'interrompit à ce moment-là pour lui demander : "Je sais que toi et maman avez été jeunes un jour et, aussi, très passionnés, mais quel est le rapport avec l'armure?"

Ducan se rapprocha et prit Tamira dans ses bras pour lui faire une grande étreinte, puis lui répondit : "Justement, tout est dans la passion. Tu es face à un fragment du récipient de la source de vie. Elle va te permettre de forger un métal vivant doté de force magique. Et pour donner vie à ton travail, il te faudra de la passion, beaucoup de passion. Il ne suffit pas seulement de matériaux bruts et d'un travail acharné, mais d'une vraie passion. Tu dois y mettre de l'amour et trouver l'une de tes passions en incorporant les ingrédients." Puis, il la relâcha.

Tamira reprit sa poignée de cendre, puis se concentra sur son jumeau avant de la déposer dans le cube. "Je dois réussir pour toi, mon frère. Je sais que tu es là-bas, quelque part, en attendant qu'on te trouve. Pour toi, pour maman et pour papa, je vais te retrouver. Tiens bon." Au moment même où la cendre entra en contact avec le métal à l'intérieur du casse-tête, de petites étincelles surgirent.

Ducan sourit et dit : "Tu es sur la bonne voie. Il te reste à chauffer le cristal pour ensuite y verser directement l'eau. En déversant l'eau, c'est là que la magie s'opère le plus. L'eau a sa propre mémoire, et lorsque tu y mets ta passion et ton amour, elle transporte ces vibrations avec elle."

Elle immobilisa le puzzle dans le long forceps, se tourna doucement vers l'ouverture de la forge pour y déposer délicatement le cube. D'un geste pratiquement religieux, elle prit une louche d'eau. Avant de déverser le contenu sur le cube, elle s'immobilisa, ferma les yeux et se mit à penser à chacun des membres de sa famille, pour finir avec une réflexion pour son père. "Je te promets de te ramener ton fils en vie. Nous allons revenir auprès de vous. Ça va peut-être prendre des jours, et même des mois, mais je vais le retrouver et le ramener auprès de vous, peu importe ce que ça va prendre."

Tamira ouvrit les yeux tout en déversant l'eau dans l'ouverture du cube. À sa grande surprise, le mélange tourna au rouge feu. Fixant le mélange avec toute son attention, elle eut l'impression d'y voir apparaître le reflet de son frère, qui changea pour celui de sa mère, imitée par chacun des membres de sa famille. Tamira cligna des yeux à plusieurs reprises. Elle croyait halluciner. Elle se tourna en direction de son père, qui lui fit un sourire. Il avait une expression de fierté. Elle comprit aussitôt qu'elle avait encore toute sa tête et qu'elle venait de réussir. Rapportant son regard sur le cube, juste à temps, pour voir le mélange changer de couleur et prendre une belle teinte de gris cendré clair.

Ducan s'exclama avec joie : "Bon, je crois qu'ici mon travail est fini. Tu as réussi avec succès." Après avoir tourné les talons, il se ravisa l'instant d'une seconde et dit : "Je dois rajouter deux choses essentielles avant d'aller me reposer. La première chose que tu dois garder à l'esprit est de ne pas oublier qu'il est vivant non seulement pendant que tu travailles, mais aussi lorsque tu vas l'utiliser. De plus, tu ne devrais pas négliger ton sommeil et prendre le temps d'aller te reposer. Cela dit, je te tire ma révérence pour moi-même, en suivant mon propre conseil. Bonne nuit."

"Bonne nuit à vous aussi, père," répliqua Tamira, toujours sous le choc d'avoir enfin réussi.

Ducan disparut dans la nuit, sachant très bien que sa fille ne suivrait pas son conseil et ne lâcherait pas tant qu'elle n'aurait pas terminé. Après tout, elle était sa fille, et elle ne pouvait pas retenir uniquement de sa mère.

Épilogue

Le Déploiement du Destin

Noxys entra dans la forge, les bras chargés d'un grand plateau débordant de nourriture. D'une voix qui démontrait clairement qu'elle avait dû passer une bonne partie de la nuit au garde à vue, elle dit : "Tamira, ma chérie, où es-tu ?" N'attendant pas de réponse, elle savait très bien où elle se trouvait, et continua : "Ah, quelle surprise de te voir encore dans l'atelier! Et je serais prête à parier que tu y as passé la nuit." Noxys pouvait voir la tête de Tamira pointer à l'horizon derrière son armure.

Le regard accusateur, Tamira répliqua d'un ton dur, mais moqueur. "Et toi? Tu n'aurais pas par hasard passé la majeure partie de cette même nuit sur la colline à lire et relire le texte de ma mère?" Elle termina avec un sourire tout en relevant un sourcil.

"Eh." Hésitante, Noxys prit un ton légèrement coupable. "Non, pas toute la nuit du moins, j'ai dû dormir quelques heures."

Tamira sortit de derrière l'armure pour déposer une paire de pinces, jetant un regard accusateur à sa dragonne, puis prit un tournevis et répliqua en retournant derrière l'armure. "Dis plutôt quelques minutes… Ça sonnerait plus juste."

Noxys déposa le plateau sur l'un des rares établis de l'atelier qui contenait encore de l'espace libre. Prenant un morceau de pain doré, elle se retourna pour dire. "Tu sais qu'on est attendues dans le couloir des chandelles!"

Après un dernier bruit de marteau heurtant le métal, Tamira s'exclama en réapparaissant. "Elle est finie. Tu vas pouvoir enfiler ton armure pour voir si tout fonctionne, et si tout s'ajuste correctement."

Noxys, toute excitée, engloutit le pain doré d'un coup dans sa grande gueule, sans se soucier des convenances. La bouche encore pleine de nourriture, elle se lécha les doigts pour enlever le sirop. "Parfait, c'est ce que j'attendais. Je vois que tu as réussi à élargir la façade de la tienne en même temps." Elle pointa l'armure de Tamira qui gisait sur un épouvantail de bois non loin de la sienne. "J'aime bien les pièces grises cendrées que tu as incorporées aux deux armures. Un vrai travail de pro!"

Avec le tournevis toujours en main, Tamira lui fit une révérence royale tout en répondant avec zèle. "Merci beaucoup. Je suis ravie de savoir que tout vous convient, votre royale tannante."

Noxys fit une grimace en continuant de revêtir son armure. Tamira, quant à elle, se contenta de se nettoyer grossièrement les mains avant de se diriger vers le plateau qui scandait son nom, son ventre criant famine.

Noxys, enfilant son armure, lui lança en passant. "Ne penses-tu pas qu'il serait préférable de te laver les mains correctement?"

Tamira lui lança un regard désapprobateur. "J'ai trop faim pour m'embêter avec ça, et en plus, on n'engraisse pas un cochon à l'eau claire."

Tamira avalait rapidement une bouchée après l'autre tandis que Noxys continuait de revêtir cette magnifique armure conçue sur deux générations. La cotte de mailles, première pièce enfilée, semblait presque disparaître une fois positionnée. Elle formait comme une seconde peau invisible superposée à la première. On pouvait facilement imaginer la surprise de l'adversaire dans le feu de l'action, croyant avoir touché sa cible pour se rendre compte qu'aucun dégât n'avait été infligé, grâce à une cotte de mailles invisible. Tamira, ayant fini de manger, aida Noxys à attacher les dernières pièces avant de se tourner et d'enfiler sa propre armure. Noxys s'attarda quelques secondes pour nettoyer une grande plaque de métal adossée à un mur, qui lui servit de miroir pour admirer le résultat.

Ravie de son apparence, elle lâcha la réflexion. "Vraiment un beau travail. On ne perçoit pas la cotte de mailles, au contraire, elle semble accentuer la forme des muscles."

Tamira se contenta de lui sourire tout en accrochant le plastron sur la cotte de mailles et dit : "C'est magique de voir les maillons disparaître lorsqu'elle glisse sur le corps, et l'on aurait l'impression d'être nu si ce n'était des vêtements qu'on porte. Elle n'a aucun effet de poids, loin d'être astreignante pour le mouvement. L'armure est définitivement vivante, car elle s'adapte au corps et interagit avec nos mouvements. J'ai pratiquement l'impression que certaines pièces se placent d'elles-mêmes lorsqu'on la revêt."

Noxys s'approcha de sa cavalière en lui faisant signe de se tourner. Avec ses longues griffes, la dragonne attacha les épaulettes au plastron pour finir sur une note positive et dit : "Nous voilà enfin prêtes. Tu as l'air d'une vraie guerrière. Ta mère serait fière de voir sa fille dans un tel accoutrement."

Sur cette parole, les deux acolytes sortirent de la forge, toutes deux lourdement vêtues pour le voyage, et cela malgré la légèreté de l'armure. Refermant la porte, Noxys dit : "Fiona va venir nettoyer, je le lui ai demandé plus tôt en la croisant. Elle et son mari ont passé la nuit à s'assurer que toutes nos affaires étaient prêtes et nous attendent, avant notre périple, près des chandelles. Tu devrais voir Bino. Elle est fière comme un paon avec tout son attirail. Elle ne tient plus en place tellement elle est agitée. Elle a hâte, d'enfin, repartir à l'aventure. Aile-D'or a pris les devants tôt ce matin. Il va nous attendre au prochain village."

Tamira ne disait pas un mot. Elle était debout, fixant l'horizon, sa cape roulée dans les bras. Caressant machinalement la fourrure noire, très épaisse, de celle-ci qui la tiendrait au chaud durant les nuits froides qui les attendaient au cours de leur long périple, qui se dessinait devant eux. C'était la seule pièce qu'elle avait prise de l'armure noire de sa mère. Elle prit une dernière pause pour méditer sur le domaine qu'elles s'apprêtaient à quitter. Inspirant à pleins poumons une dernière fois ce parfum épicé qui remplissait l'air durant ce radieux lever de soleil. C'était calme dans les rues du domaine. Elle caressait l'idée et le réconfort que la prochaine fois où elle aurait l'opportunité de revoir ce magnifique paysage odorant, ce parfum réconfortant et d'entendre les petits oiseaux chanter dans ces lieux, ce serait en compagnie de son jumeau. Elle ne pouvait pas se résigner à revenir sans lui. Ils se retrouveraient, à nouveau, tous dans la grande cour à danser, à chanter et à se rappeler les souvenirs de leurs périples autour d'un grand feu de joie, sinon elle ne reviendrait pas. Sur cette dernière réflexion, elle secoua la tête et dit à haute voix, comme si elle s'adressait à son frère absent : "Nous allons te retrouver et nous allons revenir." Elle imaginait son frère courant sur la route de pierres face à la forge, lui criant en s'éloignant comme dans ses souvenirs d'enfance : "Trouve-moi si tu peux!" Comme il avait l'habitude de le lui crier lorsqu'ils jouaient à cache-cache à chaque fois.

"Es-tu prête?" demanda Noxys.

Tamira regarda sa dragonne, lui fit un sourire complice et répondit : "Oui, je suis prête."

Les deux partirent à la rencontre de Ducan. Séréna ainsi que tous les autres étaient présents pour leur souhaiter un bon voyage. Ils allaient allumer, comme à l'accoutumée, leurs chandelles qui resteraient allumées jusqu'à leur retour. Puis, dans un dernier au revoir, ceux qui partaient feraient un tour complet dans les cieux avant de se déployer en formation pour le long voyage qu'ils entreprenaient.

À suivre…

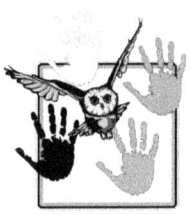

www.Lios-art.com

Admin@lios-art.com

Édition ScriptoSceptique

9 781777 062477